달이 우리를 기억할 테니

달이 우리를 기억할 테니

이지영

延 series

이지영

집 떠난 지 130일째 되는 밤,

오늘도 어김없이 어둠이,

내.렸.다.

프롤로그

커피가 식어도 좋다.
우리의 이야기를 머금었을 테니.

겨울의 창가 자리는 입김이 서려서 좋다.
우리의 온기로 채워졌으니.

해가 숨어버린 틈을 타 와인에 취해도 좋다.
달이 우리를 간절히 기억할 테니.

스무 시간이 넘는 야간 이동으로 엉덩이가 쿡쿡 쑤셔
왔다. 빨래를 못해 냄새나는 옷가지가 어느새 배낭의 절
반이 돼버렸다. 더 이상 입을 옷이 없어질 즈음 쾨쾨 묵
은 티셔츠를 홀홀 털어 입었다. 오늘 밤 잠자리도 모른

☾

채 느긋한 마음으로 버스에 몸을 실었다. 따가운 햇볕에 살이 그을려 푸석해진 피부를 쓸어 만졌다. 공항에서 배낭을 베고 몸을 웅크리면 금세 단잠에 빠져버린다. 집 떠나온 지 네 달이 넘어서야 나의 일정보다 이 나라 사람들의 하루가 궁금해진다. 무심코 지나가다 마음이 묶여버리는 경우도 잦아진다. 이를테면 광장에서 아이스크림을 들고 있는 소녀보다 옆에서 보고 있는 맨발의 사내가 눈에 밟힌다. 아이의 눈을 바라보고 있으면 이곳에 머물고 싶은 만큼 눌러앉고 싶다.

식당이 즐비한 거리 사이 말 없는 식사가 좋아질 때. 눈에서 흘러넘치는 바다 앞에서 가족이 그리울 때. 비로소 여행의 시작인 것이다.

아빠가 사라졌으면 했다.

'아빠에게'라는 네 글자를 써놓고 픽 눈물부터 나는 바람에 그간 손 편지 하나 못 줬네.

다른 집 딸들은 애교도 많고 싹싹한데 여태 손 한번 제대로 못 잡았어 우리.

그동안 고생 많았어 우리 아빠. 내가 먼저 손잡아 줬어야 했는데, 많이 늦었다 그치.

찬 바람 부는 날 어린 두 딸 놔두고 돈 벌어온다던 아빠가 그때는 미웠어. 술에 취해 무릎을 꿇고 하염없이 울어댔잖아. 아빠는 우는 법을 모르는 사람인 줄 알았는데, 콧물이 바지를 흥건하게 적실 때까지 흐느꼈었지. 내 손을 잡고 미안하다고만 했어 그저 미안하다고.

요즘은 내가 그래. 초봄에 찾아오는 눈처럼 옛 기억들이 불쑥불쑥 쏟아져 내려. 그러다 글을 쓰려고 앉으면 눈물부터 쏟아지는 거야. 꼭 아빠 울음소리처럼 입을 틀어

막고서.

어제는 주전자에 물을 올려다 놓고 끓어 넘칠 때까지 바라다보았어. 꼭 살고 싶어 뻗치는 절박한 손길 같은 거야. 추레한 내 모양새가 주전자에 들켜버린 사람처럼 별안간 살아있음을 느낄 때가 있어. 주전자 물에 허우적대고 있으니 나이를 먹은 걸까.

사실 어떻게 살아야 잘살고 있는지 모르겠어. 매일 같은 이불을 덮고 자면서 자주 그런 생각을 해. 아빠도 그랬어?

그 시절 매일 밤, 잠자리에 누워 칠흑 같은 어둠이 무사히 지나가길 바랐어. 장사가 끝나고 가게 불을 끄는 게 그렇게 싫었지. 그때 아빠가 홀연히 사라졌으면 했어. 나약하고 기댈 곳 없는 아빠를 마음속에서 떠나보내려 했어. 나 참 못됐지? 아빠한테 달려가 한번 안겨나 볼걸. 등허리 따뜻한 잠자리에 누웠는지. 끼니는 챙겨 먹는지. 간다는 말도 없이 떠난 그곳은 안녕한지. 무엇보다 쌍둥이들은 보고 싶지 않은지. 그 어린 나이에 잠자리만 들면 아빠가 내일은 올 것만 같더라. 저벅저벅 걸어와 이마를 쓰다듬어 줄 것만 같았어.

아빠. 아빠가 사라진 것도 아닌데 왜 좀처럼 손 한번 잡지 못했을까.

겨울이 오면 눈 쌓인 산을 아빠 손잡고 걷고 싶다. 푹
푹 발이 빠지는 설산에서 부둥켜안자. 함박눈이 쏟아져
우리를 뒤덮더라도 서로의 울음을 기다려 주면서.

엄마, 오늘 술 한 잔 어때?

14살, 친구들이 교복에서 튀김 냄새가 난다고 했다. 우리 집 냄새였다.

기름 냄새가 몸에 배어 살냄새가 되었는지 옷 속으로 얼굴을 파묻어도 맡을 수 없었다.

치킨 장사는 제법 잘 되었지만 엄마의 끼니는 항상 뒷전이었다. 빚은 불어났고 가구들은 순식간에 빨간딱지로 뒤덮였다. 아빠는 밤마다 술을 마시고 들어와 속을 게워 댔다. 나는 이불을 머리까지 덮고 꿈속으로 잠기길 바랐다.

아빠가 미운 만큼 엄마를 돕고 싶었다. 가스 불을 올려 치킨을 튀겼고 양념을 버무려 포장했다. 술에 취한 아저씨들의 주정을 듣다가 그들이 나가면 술병을 치웠다. 그녀의 팔목에 기름 흉터가 늘어날 때마다 하루빨리 어른이 되고 싶었고, 그래야만 행복해질 것 같았다. 그녀는 내

게 장사할 생각은 말라고 입버릇처럼 말했다. 엄마처럼
억척같이 살지 말라고. 속이 썩어 문드러진다고. 나는 그
말이 그토록 싫었다.

"엄마는 젊었을 때 어땠어?"

"너무 예뻐서 동네 남자아이들이 쫓아다녔지."

　나는 알고 있다. 피아노 학원을 운영했던 시절, 가녀
린 손가락으로 건반을 두드리며 악보를 다듬었던 때를.
그러나 어느새 생닭을 손질하고 배달하러 다니느라 퉁퉁
부어버렸다. 실은 밤낮으로 소매를 걷어 가정을 짊어졌
던 투박한 세월이었다.
　고등학교를 진학하고 우리는 이사를 했다. 이사를 한
것보다 치킨집이 아니라는 사실이 행복했다. 더 이상 곰
팡이가 피어있는 벽에 끓인 풀을 바르지 않아도 되었고,
겨울에 문풍지를 덧대는 일은 없었다.
　그간 흔들려도 메마르지 않게 키워주셨으니 온실 속
에 화초는 되기 싫었다. 서울로 올라가 일을 시작했고 하

고 싶은 것보다 해야만 하는 일이 먼저였다. 그때 내 나이 스물하나였다.

여행길에서 판자촌 아이들을 보면 문득 유년 시절이 떠오른다. 아이를 업고 부엌에 서 있는 여자를 보면 엄마 목소리가 들리는 것도 같다.

스위스 인터라켄에서 묵었던 숙소에서 엄마가 챙겨준 생강차를 먹었다. 따뜻한 차가 그녀의 온기라 여기며 하늘을 올려다보았다. 엄마가 좋아하는 과메기에 소주 한 잔이 생각나는 밤이다. 그리고 불어 터진 손을 어루만지며 그녀의 이야기를 듣고 싶다. 술에 잔뜩 취해 엄마처럼 단단하게 살아가라고 말해줬으면 좋겠다. 꼭 그랬으면 좋겠다.

가게 방충망에 붙어 울어 대는 매미 소리.

밤하늘의 빼곡한 별을 올려다보던 때를 엄마는 기억할까.

그 시절 손톱에 물들였던 봉숭아처럼 마음이 벌게져서 잠 못 들던 여름이었다.

외로움을 태우는 일

　호스텔에서 치약을 빌려주다 친해진 여행자가 내게 담배를 건넸다. 살을 찌르는 더위와 타들어 가는 담배로 입술은 바짝 말랐다. 손에 들린 담배가 점점 짧아질 때 문득 사라지는 것은 재로 남는다고 생각했다.

　내 안에 홧홧하게 타오르는 것들도 상처로 인해 부스러기가 되고, 결국 사람도 죽으면 한 줌의 재로 남는다.

　사람은 누구나 욕심 앞에서 불씨를 활활 태우고 싶어 한다. 불씨는 열을 내며 타오르다가 때로는 휘청거리기도 한다. 글쓰기가 내게 그렇다. 유년 시절부터 나는 생각을 풀어쓰는 버릇이 있었다. 매일 밤 일기를 썼고 논술대회에서 다수의 상을 거머쥐었다. 학교 앞 문구점에서 빳빳한 원고지를 즐겨 샀고, 진한 연필로 눌러쓰다 중지에 만져지는 굳은살을 좋아했다.

　우리 집은 아침마다 신문이 왔다. 가게 식탁에서 신문

을 읽거나 독후감 숙제를 했다. 나는 그 시절 이후로 가난에 대해 알고 싶지 않아도 알게 되는 날이 잦았다.

손님들은 금전적인 문제로 날이 선 기사를 보고 혀를 찼다. 어른들은 술을 마시며 자주 돈 문제로 다투었고 도박 같은 돈놀이에 빠졌다. 문 너머로 가난에 대해 조금씩 알기 시작했고 들을수록 내 마음은 더욱더 가난해졌다.

그럴 때마다 방문을 닫고 일기를 썼다. 일과보다는 생각을 메모하는 방식이었다. 글쓰기는 원고지 위에서 나를 들여다보는 일이었다. 숨기고 싶은 속내를 오히려 과장해서 부풀리기까지 했다. 들키고 싶지 않은 가난이 들춰져도 괜찮았고 도망쳐 자주 넘겨졌다.

이 글을 쓸 때는 벌거벗은 몸을 하고 위태롭게 서 있는 나를 본다. 글은 나를 던져 놓거나 가엾게 여겼으며 처연한 손짓으로 흰 이불을 덮어주었다.

원고를 쓰면서 태국에 한 달을 머무르기로 했다. 내가 사랑하는 나라 중 하나. 땀 흘리며 먹는 뜨거운 쌀국수가 좋고 햇볕이 부서지고 비가 쏟아지는 이곳에 마음을 누이기로 했다. 더위를 쫓지 않고 비를 피하지 않았으며 나를 포장하지 않아도 되었다. 여기에 있는 동안 부엌과 테라스가 함께 쓰이는 나무 탁자에 자주 머물렀다. 오토바이 경적이 울려대는 거리에서 뜨거운 차를 땀 흘리며 먹었다. 눈감고 풀벌레 소리를 들으며 글을 쓸 때 외로움은 대낮보다 더 끈적끈적하게 달라붙었다. 어쩌면 나에게 있어 글은 달라붙은 외로움을 태우는 일인지도 모르겠다.

　테라스 귀퉁이에 피어있는 붉은 꽃이 보인다. 갈 곳을 잃고 여기라도 와 우는 사람처럼 붉게 물들어 있다.

아득하지만, 살아가기 위해서

어른들은 내게 참아야 한다고 말했다. 참을 줄 알아야 어른이 되는 것이라 믿어왔다.

지금껏 서서 일하는 엄마의 무릎 같은 것일까.

취업 전쟁 대학생 때는 더욱 그랬다. 일어서는 법보다는 참는 법부터 배우고, 자신을 보여줄 수 있는 무언가를 찾느라 다들 혼이 나갔다. 나 역시 다르지 않았다. 마음 맞는 동기들이 모여 프로젝트를 구상했고 콘텐츠를 제작했다. 그래서 만든 페이스북 페이지는 백만 팬 수를 가진 '오빠랑 여행 갈래?'가 되었다. 운이 좋게도 곧바로 조기 취업의 기회를 얻었다. 동시에 알게 된 사실은 사람들은 우리를 돈으로 보았고 나는 그 돈을 벌어야만 했다는 것이었다. 성인이 되면 독립해야 한다는 생각은 꼬리표처럼 당연했기 때문이다.

무궁화호를 타고 다섯 시간을 달려 서울에 도착했다.

경상도 토박이가 사회로 뛰어들었던 나이는 스물하나. 어린 나이에 투박한 사투리로 무시당할까 두려워 서울말을 어설프게 흉내 내기도 했다. 서울 땅에서 값싼 방을 얻기 위해서는 조용한 골목 오래된 집이어야 했다. 골목은 '하숙집' '여성 전용' '방 있습니다.'라는 문구가 즐비했고 집마다 어르신들이 많아 10시만 되면 동네는 한산했다. 우리는 청파동 하숙 골목에 위치한 오래된 주택을 계약했다. 대학 동기이자 입사 동기였던 우리 넷은 한 방안에서 눈뜨고 잠들기까지 함께였다.

선풍기 두 대로 여름을 버티고 통돌이 세탁기가 얼어야 겨울의 시작이었던 서울살이.

생활비, 월세, 적금을 빼고 나면 절약할 수 있는 구석은 식비뿐이었다. 계란과 소시지, 엄마가 보내준 반찬들을 주로 먹었고 모아둔 식비를 계산하다 한숨만 늘어놓았다.

눈뜨면 닥쳐올 내일이 막연했고 불투명한 자신을 불안해했다. 사회는 다가갈수록 멀어졌고 스며들수록 다정하지 못했다. 단단해지는 법을 알기도 전에 쉽게 부서졌던 나이였다.

비록 우리가 꿈꿔왔던 서울과는 달랐지만 슬픔을 맞

대며 잠자리에 들었던 청파동 주택.

배고픔을 위로받았던 백반집 제육볶음. 포장마차에서 마셨던 찬 소주와 어묵 국물은 우리를 더 뜨겁게 만들었고, 작은 것에 열을 낼 줄 아는 사람이 되게 했다.

눈이 오면 마당을 쓸어주시는 어르신들과 붉은 가로등이 비추고 있는 파란 대문은 그날로부터 외롭지 않게 했다.

우리 모두 아득하지만 살아가기 위해서. 그러니 조금 힘에 부쳐도 괜찮다 믿었던 날들이었다.

우리는 모두 어린이다.

　나뭇잎을 움켜쥐고 바스락대면 손바닥이 붉게 물들
것도 같았습니다. 단풍 물이 떨어지는 가을 아래 서면 괜
히 눈시울이 붉어지기도 했습니다. 갈수록 짧아지는 가
을은 붙잡고 싶은 기억들만 꺼내고 사라집니다. 내게 가
을이 느긋한 계절이라고 일러준 사람은 다름 아닌 할아
버지였습니다. 할아버지 집 앞에는 커다란 감나무가 있
었습니다. 마당에 있었던 감나무는 우리가 보았던 여린
마음이었습니다. 설익은 감이 홍시가 될 때까지 할아버
지와 나는 달큼한 생각을 품었습니다. 말랑한 홍시를 한
입 베어 물면 가을을 훔쳐 달아나는 것 같았습니다. 마룻
바닥에서 지켜보았던 감나무는 느긋하게 기다리는 한 계
절이었습니다.
　정정하시던 할아버지가 얼마 전부터 같은 말을 몇 번
이고 되물으셨습니다. 시장에서 할머니가 한눈판 사이에

배가 고파 혼자 집으로 갔다고도 했습니다. 홍시의 얇은 껍질을 손으로 벗겨주던 할아버지는 자꾸만 배가 고프다며 어린이가 되어갑니다. 우리는 어린잎으로 태어나 다시 어린잎으로 돌아갈까요.

　나는 선명한 기억을 가지고 당신 앞에 서 있습니다. 당신은 뭐가 그리 급해서 우리를 잊으려 할까요. 이른 아침까지 남아있는 달처럼 흐려지다 영영 사라질 것도 같았습니다. 묽은 달처럼 묽은 기억으로 유영하다 떠내려갈까 봐 눈을 질끈 감았습니다. 흐릿해진 달처럼 당신의 기억이 희미해져도 괜찮습니다. 내가 기억을 붙잡고 선명한 저녁으로 데려갈 수 있으면 되었습니다. 태어났던 순간처럼 무르고 어린 마음으로 돌아가는 것뿐입니다.

　우리는 결국 어린이로 돌아가기 위해 태어났을까요.

　설익은 감이 물러터진 홍시가 되어 단물을 떨어트릴 때, 한 계절의 끝에서 바라봤던 당신의 얼굴이 떠오릅니다. 당신을 보내지 못해 떨어진 홍시를 한참 동안 바라보았습니다.

물복숭아 같은 사람

　스물아홉의 여름은 농익은 복숭아 같기를 바랐다. 한 입 베어 물면 치아 사이로 한여름이 새어 나오는 물복숭아처럼. 단단하지는 않지만, 진한 단물 같은 나이를 먹고 싶었다.

　스물셋에 홀로 떠났던 긴 여행이 여섯 해나 흘렀다. 가까운 사람을 등지고 낯선 사람들을 곁에 두었던 때가 있었다. 도시만 찾아다녔던 지난날과 달리 한적한 시골 마을에서 풍기는 단내가 좋아졌다. 멀거니 그들의 하루를 살피다 나의 하루를 반납하는 날은 더없이 근사한 여행이었다. 살갗이 벗겨져도 좋으니 아침 시장에서 먹는 과일주스로 하루를 시작했던 치앙마이. 골목마다 퍼진 노란 단내와 담벼락을 껴안은 초록은 나를 오래 머무르게 했다.

　한 나라를 스치는 것보다 산다는 표현에 가까운 여행

을 좋아한다. 그들이 살아가는 무늬에 마음을 붙이고, 보고 싶은 사람들을 품어 돌아오는 것. 오늘은 치앙마이에서 한 달을 살다 떠나는 날이다. 첫날에 소낙비가 마중 오더니 마지막 날도 후끈한 비 냄새가 나를 배웅한다. 웃는 사람들이 숱한 마을 앞에서 이별은 여전히 어렵다. 공항으로 가는 툭툭이 기사님과 이야기를 나누며 마지막 일기를 정리했다. 떠나기 아쉬운 마음에 과일주스 한 잔을 먹기 위해 카페를 들렀다. 지갑을 살폈더니 차비만 남겨둔 탓으로 몇 없는 돈을 손바닥에 굴려댔다. 일정 금액 이상 카드가 된다는 말에 배낭을 메고 가게를 떠나려 했다. 그 모습을 지켜보던 한 여자가 내 몫까지 계산하겠다는 것이다. 황급히 손을 내저으며 괜찮다는 시늉을 해 보였다. 그러나 여자는 투명한 미소를 보이며 내게 말했다.

한 사람이 부족할 때 다른 한 사람이 도와줄 수 있으면 된 거예요.

그러니 부디 걱정하지 말아요. 당신이 부족할 때 내가 도와줄 수 있었던 것뿐이에요.

비행시간이 되어 자리를 뜨려는 여자에게 얼른 연락

처를 물었다. 언젠가 반드시 당신에게 보답하고 싶다고. 뭉근한 마음이 열을 내고 당신 앞에서 그만 얼굴이 붉어지고 말았다.

물복숭아 같은 사람이 되고 싶어 떠났던 여름의 나라 치앙마이.

물복숭아 같은 당신을 만나려고 이토록 오래 머물렀나 보다.

치앙마이 공항에서 만난 팜 안트누에게.

여름나기

비 소식을 알면서도 우산 없이 집을 나섰다. 빗물로 빳빳해진 털에 물기를 털어내는 개들을 보면 비를 피하고 싶은 생각도 사라진다. 해가 넘어가고 저녁 어스름이 드리울 때 여행자의 거리에는 야시장이 열린다. 여러 아이가 옥신각신 만드는 주스 집은 옆집 쌀국수보다 오래 걸리지만, 달고 진한 수박 주스를 내온다. 단물이 뚝뚝 떨어지는 입속에서 여름이 쏟아지고 또 나뒹군다. 햇볕을 노래하는 그들의 얼굴에 여름밤이 흘러내렸다. 무더운 7월을 미워하지 못하는 이유도 거기에 있다. 그간 여름을 떠올리다 장마에 날이 좋던 당신의 말이 생각났다. 슬픔을 알았던 당신은 창문에 부딪히는 빗소리를 좋아했다. 잔잔한 노래에 기대는 사람이었고 찬 소주 앞에서 더없이 약해졌던 사람이었다. 당신이라는 물기를 털어내고 밀어내도 묵묵히 나를 기다리던 사람이었다. 당신은 그런 사람이었다.

빗물을 잔뜩 머금은 구름이 몰려오고 빗방울이 뚝뚝 떨어지면 당신이 스친다. 비 냄새는 꼭 당신 같아서 습지는 오래 머물다 떠난 자리 같다. 집으로 돌아가는 길 온몸으로 비를 맞으며 생각했다. 더운 나라에서 맡는 후덥지근한 비 냄새가 나쁘지만은 않았다.

그들의 여름과 우리의 여름이 스치는 나의 여름 나기.

바다를 참 좋아했던 당신

아빠가 온전히 필요한 시기에 그는 내 곁에 없었다. 보고 싶은 만큼 미웠다. 하루 이틀 한 달 그렇게 꽤 오랜 시간 동안 아빠의 얼굴을 보지 못했다. 그는 매우 아팠다. 아프고 괴로워하고 스스로를 미워하며 그렇게 매일 내면 깊숙한 곳과 싸워야만 했다. 그의 나약한 뒷모습을 봐버렸고 차가운 괴물이 되어 열 살의 그림자를 삼켜버렸다. 어느 날 부둣가 방파제 앞에서 수척해진 그를 보았다. 파도에 거세게 부딪히는 방파제와 닮아서 말없이 그곳을 바라보고 있었을까.

집으로 돌아왔을 때 아빠의 손에 들린 오징어는 우리 식구 같았다. 바닷소금으로 푹 절인 마른오징어. 여태 우리는 그날에 관해 이야기하지 않았다. 훌쩍 커버린 내가 기억하지 못하겠다고 여길지도 모른다. 바다를 보면 늘 아빠 생각에 사무친다. 그렇게 눈시울이 붉어지고 이내

소리 없이 울어야만 했다. 세상에서 제일 미어지는 가슴을 지닐 때는 사랑하는 이의 아픔을 하염없이 지켜만 봐야 할 때. 아무것도 해줄 수 없다는 것. 그럴 수밖에 없을 때.

"평생 여행만 다니면서 살면 얼마나 좋을까. 다음 생에는 철새로 태어나고 싶어. 아빠는?"

"아빠는⋯."

그렇게 말이 없었다.

"아빠는 다음 생에 안 태어날란다. 허허."

내가 이토록 사랑하는 그가 다음 생에 태어나지 않겠다고 했다.

그럼, 우리 이렇게 해요. 감사하게도 만약 다음 생이 주어진다면 나와 함께 고래로 태어나요. 그렇게 바다를 삼키고 있다가 그만두고 싶을 때 수면 위로 올라가요. 끝내고 싶었지만 나 때문에 버텨왔잖아요. 그러니 다음 생의 끝

은 당신이 그토록 사랑하는 바다에서 함께해요. 우리. 그
리고 반드시 당신의 딸로 태어나겠습니다.

떨어진 슬픔을 줍는 밤

　이상하게도 하룻밤은 짧은 몸을 지니고 기다란 다리를 가졌다. 짧은 모양새 같다가도 그간 걸어간 낯선 땅의 밤은 길고도 길었다. 흔히 노상이라 일컫는 길거리에서 술을 마실 때 밤은 더욱이 늘어졌고, 때로는 발목을 붙잡아 놓아주지 않았다.

　두꺼운 스케치북을 찢듯 쭉 찢어버리고 싶었던 밤도 있고, 꼬깃꼬깃 접어 비밀스러운 상자에 넣어 두고 싶은 밤도 있었다. 포트와인의 고장 포르투에 도착했을 때 지나갔던 밤에 대해 떠올렸다. 매일 해가 지고 밤이 우리 곁을 찾아오지만 떠나서야 내게 엉겨 붙은 슬픔을 어루만져 본다. 축축한 밤이 내 곁을 쉽사리 떠나려 하지 않을 때 생각했다. 나는 왜 떠나야만 했을까. 가까운 사람들을 등지고 홀로 떠나와 생각하는 것이 겨우 슬픔을 헤아리고 있는 것이다. 나이를 먹어가듯 슬픔도 내가 모르는 사이 깊숙한 곳까지 차올랐다.

포트와인의 코르크를 따고 진한 포도 향을 맡았다. 당연하겠지만 도우루 강물에 떠 있는 그림자는 왜 흐르지 않을까 생각했다. 어딘가에 내내 고여 있는 슬픔 같았다.

사람들은 떠나서 눈앞에 펼쳐진 광경 앞에 넋을 잃는다. 파리의 에펠탑 앞에서, 프라하의 카를교 위에서, 피렌체의 미켈란젤로 언덕에 앉아서, 부다페스트 야경을 보며 그렇게 행복해한다. 나는 매번 그 황홀한 순간에 떨어진 슬픔을 줍느라 바빴다. 그러니까 너무 아름다워서 흘리는 눈물이 아니라 잠겨있던 슬픔 때문에 참았던 눈물이 뚝뚝 떨어졌다.

밤이 깊어져 가고 우리는 잔뜩 취했다. 도우루 강에 달이 흘러넘쳐 노란 물이 되었다. 손바닥과 물을 맞닿아 보면 노랗게 물들 것도 같았다. 물에 비친 사람들은 내 눈속에서 저마다 놀고 싶어 했다. 오늘 밤은 담을 것이 많아 시린 눈을 감고 시간을 굴려댄다.

그동안 슬픔을 숨기고 살아왔다. 슬픈 얼굴을 외면하고 모르는 사람처럼 지내왔다. 밤이 오면 슬픔을 덮어두었으며 삼키지 않기 위해 토해냈다. 내 곁에 붙어 있으면 안 되는 존재라 생각했다. 하지만 떠나온 이곳들의 밤은 무자비하게 슬픔을 던져 놓았으며 체하지 않게 꼭꼭 씹어 먹게 했다.

이제 누군가가 왜 떠나느냐고 물어본다면 슬픔을 줍는다고 말해야 할까.

우리

스무 살이 되던 해. 그날은 왜 그리도 비가 멈추지 않았을까.

소화기 너머로 너의 숨 가쁜 울음소리가 들렸어.

아버지가 돌아가셨다는 말에 어떤 위로로 친구가 되어줄 수 있을지, 사실 방법을 잘 몰랐어.

'다 괜찮아'라는 말조차 이해하지 못한 말로 들릴까 봐. 더 큰 상처가 돼버릴까 봐.

열일곱, 숙제는 벌서면 그만이었지만 급식 메뉴는 알아야 했던 시절. 매점에서 나눠 먹었던 소시지 빵이 '우리'를 더 '우리'로 만들어 주었잖아.

스물, 너에게 해줄 수 있는 건 단지 술 한 잔 부딪히며 나누는 말소리가 전부이겠지만 '우리'는 더 '우리'가 되었어.

감정을 눌러 담은 채 어제보다 내일을 생각하는 너의

눈동자를 보고 있으니, 내일은 조금 따듯했으면 좋겠다.

있잖아. 나이를 먹어가는 시간이 무정하지만, 사랑했던 이의 긴 부재를 받아들이는 것, 사무치는 그리움을 삼켜내는 것. 그제야 우리가 어른이 되어가는구나 싶었어.

그날은 유독 비가 멈추지 않더라.

참 늦었지만 이제야 너에게 위로가 무엇인지 조금은 다독여 줄 수 있을 것 같아.

어른이 되어가는 건 어쩌면 그리 슬프지만은 않다고.

그녀의 겨울

"찬장에 소주 있는데 한잔할까?"

어젯밤부터 머무르던 숙소의 주인 이모가 잔을 내밀었다. 한쪽 팔에 깁스하고 담배를 태우는 그녀는 외로워 보였다. 외로운 사람 앞에서 허우적대는 마음을 그녀가 알아차리기라도 할까 봐 웃어 보였다.

"술 생각났지?"

외로움을 삼키고 지냈다는 것을 그녀는 알았을까.
그간 외로움을 모르는 사람인 줄 알았으나 잊고 살았던 거였다.
쓸쓸함은 내 것으로 생각하며 떠안고 보니 먼 길은 늘 혼자였다.

혼자 남는 시간이 길어질수록 보듬는 사람은 나뿐이었다.

그 적적함을 사랑했기에 또다시 혼자가 될 수 있었다.

지독히 외로웠던 밤을 보냈다는 대답 대신 술을 받았다.

이틀 전, 플리트비체 트레킹을 마치고 숙소를 찾는 길에 우박이 쏟아졌다. 숙소를 들어가자, 나이가 지긋한 노인과 엉킨 수염이 휘날리는 남자가 방을 안내했다. 16인실에 사람은 없었고 춥고 어두웠다. 이불도 없이 눅눅해진 매트리스 하나와 곳곳에 보이는 거미줄, 천장으로 부딪히는 우박 소리만 들릴 뿐이었다. 비바람이 스쳐 가 무너진 귀퉁이에 못을 박는 노인과 잔디를 다듬는 남자. 오늘 샤워장 이용은 힘들 것이라는 말만 남긴 채 홀연히 사라졌다. 스산해진 공기만큼 차가웠던 그들의 표정에 심장 소리는 빨라졌다. 가지고 있는 겉옷을 모두 껴입고 몸을 웅크렸다. 밤은 속절없이 길었다.

도저히 그곳에서 지낼 용기는 없었다. 급히 내일 예정이었던 자그레브 한인 민박에 연락을 취했다. 남은 침대가 없는 탓에 식비만 지불하고 하루만 소파에서 지낼 것을 부탁했다. 다음 날, 잠자리가 마음에 쓰이셨는지 남은 날은 1인실로 바꿔주신다고 하셨다. 그날 저녁은 하얀 쌀밥과 들깨 미역국, 콩나물무침과 시래기 조림이었다. 따뜻한 잠자리와 밥상은 그것으로 뜨거운 위로가 된다.

첫날부터 따뜻한 밥으로 맞아주었던 그녀와 술잔을 부딪쳤다. 길에서 만난 사람들의 사연을 듣고 있자면 얼어붙은 마음은 순식간에 녹아버린다. 그 눈길 위에서 내게 한 발짝 두 발짝 걸어와 준다면 새하얀 눈밭이 금세 엎질러져도 좋다. 그녀는 차가운 술 한 잔을 삼키고 뜨거워진 목을 어루만지며 조심스레 입을 열었다. 남편과 이별하고 딸을 한국에 두고 왔던 아픔이 그리움으로 번진 것이다. 그렇게 술잔에 넘치는 한 여자의 삶을 함께 마셨다. 그녀의 네 계절에 있어 추웠던 겨울 이야기를 듣자니 왜 절절한 위로로 들릴까. 떠나서야 보고 싶은 사람들의 온기가 그립고, '엄마'라는 단어만 떠올렸을 뿐인데 목이 메어오는 것처럼.

여름이 되어야 겨울이 생각나고 겨울이 되어서야 여름을 떠올리듯, 앙상한 겨울나무가 되어서 청청했던 여름이 사랑인 줄 알았다. 그녀는 한동안 딸의 사진에서 눈을 떼지 못했다. 그 눈빛은 뜨거운 한여름의 소나기 같았다.

다음 날 슬로베니아로 떠나야만 했다. 아침부터 부엌에서 분주한 그녀는 김밥을 말아서 담아주셨다.

"끼니 거르지 말고, 남은 여행도 건강하게. 알지?"

깁스한 팔로 나를 안아주며 터미널에서 작별 인사를 했다. 출국하던 날 새벽부터 김밥을 준비하셨던 엄마가 생각나 눈물이 쏟아질 것 같았다. 버스 안에서 비닐을 펼쳤더니 속이 꽉 차 터질 것 같은 김밥 세 줄이 들어있었다. 참았던 눈물이 볼을 타고 흘러내렸다. 사람에게 받는 따뜻한 것 때문에 눈시울이 붉어지고, 목이 메었다.

알 수 없는 순간에 알 수 없는 인연을 만나 이토록 가슴이 아려 오는 것.

여행은 닦지 않아도 되는 눈물 같은 것이다.

당신을 오랫동안 기억해도 되겠습니까.

연탄 불씨에 부지런히 부채질하면 철 주전자에 연기가 올라옵니다. 위에서 손길을 내려다보다 당신 앞에 앉았습니다. 일요일에만 열린다는 이곳에서 당신은 온 마음을 다해 커피를 내리고 있습니다. 원두 가루를 붓고 시간을 모르는 사람처럼 부채질합니다.

더운 나라. 더운 시간. 더운 커피.

사람들은 당신 앞에 빙 둘러앉아 뜨거운 커피를 기다립니다.

당신을 보니 내 일부를 얻은 것 같으면서 잃은 것도 같습니다.

벌거벗은 느낌이 들다가도 몇 겹의 옷을 껴입은 것 같습니다.

첫 잔의 술을 채울 때와 마지막 잔을 비울 때가 다르듯 당신이 내린 커피는 꼭 술 같았습니다.

구레나룻으로 타고 흐르는 굵은 땀방울을 보면 지난 여름도 묻고 싶습니다.

　이곳에 머무는 날이라도 당신을 닮고 싶어서 자리에서 일어나기가 힘이 들었을까요.

　내게 건네준 뜨거운 커피 안에 지난 아픔이 보여서일까요.

　뜨겁고 쓴 커피를 달고 진하게 먹었습니다.

　커피값은 맛을 보고 성의껏 내라는 당신.

　그 자리에서 겨우 할 수 있는 것은 당신을 오랫동안 기억하는 것뿐입니다.

쓰는 용기

실은 이 글의 초고는 2년 전 완성이 되었다. 그동안 많은 변화가 일어났다. 코로나바이러스가 전 세계를 뒤덮었고 여행은 추억하거나 기다리는 소재거리에 불과했다. 여행지를 소개하고 콘텐츠를 기획하는 일이 첫 번째 직업이었던 나는 길에서 얻으며 두고 온 마음이 늘 꿈틀거렸다. 여행업계는 문을 닫기 시작했고 다시 서울로 가려는 마음은 그만두었다.

여행을 추억하는 소품을 제작해 팔기도 하고 단지 돈벌이를 위한 직장에 영혼 없이 출근하기도 했다. 때로는 새로운 사람들을 만나거나 소중한 사람들을 잃기도 했다. 그때 많이 울었으며 내 옆에 남아있는 사람들로부터 용기를 얻었다.

그동안 원고는 포장되지 않은 채 먼지만 쌓였다. 울어도 글 위에서 쏟아냈던 지난날과는 달리 덮어두고 회피

했다. 그리고 2년이 지난 지금 다시 내 글을 찬찬히 읽어보았다. 형편없이 부끄러운 어휘와 일방적인 감정 통보식의 문장도 많았다. 학교 앞 문구점에서 아무도 모르게 쌓여 가는 원고지 같았다. 어쩌면 원고 위에 쌓여 있던 것은 먼지가 아니라 내 검은 마음이었는지도 모르겠다.

아무것도 하지 않고 가만히 앉아 생각했다. 아무것도 하지 않으니 아무 일도 일어나지 않았던 어둠 속에서 나를 깨우기로 했다.

새벽 다섯 시에 눈을 떴다. 나는 이 시간이 좋다. 해가 뜨는 것을 기다리는 만큼 솔직한 시간이 있을까. 솔직한 글을 쓰고 싶다. 솔직한 사람이 되고 싶다.

차를 우려 놓고 식물에 물을 주는 일로 시작되는 하루.

그러고 나면 기다리는 일은 결국 솔직함을 보여주기 위해서일까.

집 안 곳곳에 놓인 식물처럼 초록이 보여주는 건강이 좋고 목이 늘어지는 잎을 보면서 나의 건강을 돌본다. 아침 운동으로 나를 채우고 저녁에는 일기를 쓰며 비우는 시간을 만든다. 아주 가까이에 있는 것부터 들여다보고 스스로 쏟는 애정을 아끼지 말아야지. 가끔은 다른 줄기로 뻗어가는 잎처럼 방황하기도 하지만 양분을 공급하고 햇빛에 목을 내밀어야지.

검은 마음에 윤슬이 빛나는 날을 기다리며 썼던 용기와 사랑하는 이들의 행복을 염원하는 마음이 글이 된 것처럼.

바다가 가까이에 있는 부산에서 서른의 계절을 보내며….

계란 나무

　그곳이 마음에 들었던 이유는 계란 바구니 때문이었다. 잘 짜인 라탄 바구니에 수북하게 담긴 계란. 식탁 위의 삶은 계란은 출출한 누군가가 하나씩 집어 간 탓에 자주 비워졌고, 주인은 그때마다 바구니를 가득 채워두었다.

　식탁을 지나칠 때마다 사람들은 주인의 마음을 한 알씩 챙겨갔다. 삶은 계란을 입에 넣으니 문득 집이 그리워졌다. 잊고 있던 그리움 한 바구니가 금세 마음속으로 굴러들어 왔다.

　나는 왜 집을 떠나 홀로 남겨지고 싶어 할까. 그리고 낯선 식탁에 놓여있는 계란에 위로받을까. 치앙마이의 오후처럼 푸르고 뜨거운 그리움이 담벼락에 너울거렸다.

　우리 집은 자주 계란을 삶아 식탁에 두었고, 사라진 개

수로 서로의 배고픔을 짐작했다. 서울로 간 지 얼마 되지 않았을 때 엄마는 딸이 사는 집에 오고 싶어 했다. 기차를 타고 오면서도 보자기에 묶어 가져온 것은 계란 두 판이었다. 마트에서 사면 될 것을 뭐 하러 서울까지 들고 오냐며 화를 냈다. 엄마는 그저 농장에서 가져온 싱싱한 계란을 먹고 싶어 한 것이다. 보자기 안에는 언제 굴러올지 모르는 그리움이 새어 나올까 그리도 꼭 묶여 있었나 보다.

나는 종종 마음이 허기지거나 먼 길을 떠날 때 계란을 찾는다. 부엌이 허전하면 네댓 개씩 삶아 옹기종기 모여 있게 둔다. 뜨거운 냄비에서 부딪히는 호들갑이 좋고, 뽀얀 피부에 노란 속살은 연약하고 퍽퍽한 인생 같다.

배고픈 누군가에게 주는 한 알은 목메게 퍽퍽할 것이고, 촉촉한 위로로 충분하다.

계란도 매화나무 매실처럼 주렁주렁 열리면 얼마나 좋을까. 노랗게 익어가는 봄을 따먹으며 위로를 받을 텐데.

쌍둥이로 태어난 것

가정을 짊어졌던 엄마는 호랑이 같은 분이었다. 아빠는 얼음장같이 차가웠고 (현재는 다정다감한 딸바보다) 엄마는 쌍둥이를 업고 살얼음판을 두 눈 질끈 감고 걸어가는 것 같았다. 엄마는 우리를 엄하게 키워야 단단하게 자라는 줄 아셨다. 그러곤 가끔 외할머니가 오시면 "애들보고 사는데 일찍 철 들까 봐 겁이 난다."라고 터놓으셨다. 쌍둥이 언니와 나는 방문 사이로 문풍지보다 얇고 여린 엄마의 속내를 들었다.

그때부터였을까. 내 감정을 누군가에게 드러내기가 쉽지 않았다. 스스로 판단해야 엄마를 돕는다고 생각했다. 학교에서는 생각을 손들고 마음껏 발표하는 친구가 부러웠다. 답이 틀리거나 의견이 달라도 말할 줄 아는 대범함이 나에게는 없었기 때문이다. 상대방이 나에 대해서 어떻게 생각하는지 신경 쓰였고 인간관계에서는 모두

에게 맞춰주려고 애를 썼다. 대화를 나눌 때는 입으로 내뱉기 전에 수십 번의 생각을 거치고 말했다. 자연스레 생각이 많은 아이가 됐고 글로 나를 표현하는 방식이 편해졌다. 속 편한 사람처럼 보이기 위해 자처하는 방식이 글쓰기였다. 그런 나를 아는 사람은 쌍둥이뿐이었다. 엄마 뱃속에서 한날한시에 태어나서인지 눈만 봐도 알았다. 언니가 아플 때는 내가 대신 아프길 기도했고, 부모님이나 친구들에게 선뜻 말하기 힘든 고민이 생기면 머릿속에 바로 떠오르는 사람도 언니였다. 언니는 지금껏 내내 옆에서 나보다 나를 더 생각해 주며 같이 울고 같이 아파하고 같이 웃었다.

저녁 바람이 시원해지는 늦여름이 오면 우리는 매년 지리산 둘레길을 걸었다. 2박 3일을 꼬박 걷는 산행에 다리가 지끈거리지만, 달큰한 콩국수와 막걸리 한 잔이면 제법 그럴싸한 여름을 보낼 수 있었다. 가을에는 생일 초를 같이 불며 우리를 더 물들게 했고, 겨울에는 몸을 동그랗게 말아 서로의 잠자리를 살폈다. 그리고 봄에 찾아오는 손님처럼 가만히 나를 기다려 주곤 했다.

지리산 중턱 울창한 나무 아래 드러누우면 바람 소리가 꼭 빗소리 같다. 걸음이 빠른 나는 뒤따라오는 언니를 자주 살폈다. 항상 나의 이야기를 기다려 주는 것처럼 사

계절 내내 발맞추어 걸어가고 싶다. 우리의 숨소리만 들려오던 여느 여름날처럼 뜨겁게 나아가자.

봄이 찾아왔다. 올해도 대수롭지 않은 하루가 모여 근사한 계절을 보낼 것이다.

때 묻은 때

오래된 집은 노후됐지만 낡은 냄새는 곧 살냄새 같았다. 집을 지어 살아간다는 것은 곁에 두고 싶은 사람이 있다는 것과 닮아있다. 집이 낡아갈 때 사람도 함께 늙어가면서 그 공간에 살냄새가 깃든다. 여행길 판자촌을 지나면 문득 오래된 냄새에서 살아있음을 느낄 때가 있다. 아프리카 모로코 마라케시에서 구슬을 꿰는 노인을 봤다. 나는 주위의 사람들을 구슬이라 생각하는 버릇이 있는데 그 구슬을 모으기에만 바빴던 시절이 있었다. 빛바랜 구슬이 부딪치는 소리가 둔탁해지면 곧 금이 갈 수 있음을 알지 못했다. 오래된 정은 오래라는 이유로 늘 내 곁에 머무를 줄만 알았다.

시간이 지나면서 가까운 사람이 자연스레 멀어지는 경우가 있다. 각자 살아가는 데 힘이 든다는 이유로 잦은 만남은 더욱 어렵다. 그러다 생기는 작은 오해들이 관계를 흔들리게 만들기도 한다. 나는 '평화주의자'라는 수식어가 붙을 만큼 인간관계에서 상대방에게 맞추려고 애를 썼다. 맞춰주는 행동이 모두를 위한다고 생각했지만 때로는 그들이 나를 쉽게 보기도 했다. 내가 베푼 호의가 누군가에게는 무기가 될 수 있었다.

어쩌면 알고 지낸 지 오래라는 이유가 우리를 안일하게 두었는지도 모른다. 그렇게 시간이 흐른 뒤 한 발 다가오면 두 발 물러서 있는 관계가 있다. 그리고 길게 떠나서야 부서지는 인연에 대해 생각했다. 때 묻은 인연도 시간을 외면할 수 있다는 것을.

홀로 부단히 애쓰던 관계는 서서히 정리가 되고 그것들로 인해 마음을 빼앗기지 않기로 했다. 오래된 집에서 고운 구슬을 꿰는 노인처럼 곁에 두고 싶은 인연들만 손에 거머쥐었다.

잊어야만 하는 사람과 얻어지는 사람이 있어서 인생은 이상하고 재밌다.

낯선 곳, 처음 만난 인연의 두근거림이 이제는 여행의 전부가 된 것처럼 말이다.

당신의 등

거친 숨소리가 선명하게 들렸다. 차가운 공기가 코로 들어오다 멈추고 입으로 내뱉기를 반복했다. 걸음을 내디딜 때마다 다리는 사시나무처럼 떨렸다. 뒤엉킨 호흡을 가다듬으며 배낭에서 물을 꺼냈다. 혀를 타고 내려오는 뜨거운 숨은 육체의 한기를 이기지 못했다. 얼굴 위로 먹구름이 드리우고 이내 빗물이 시야를 가렸다. 이끼에 미끄러지지 않기 위해 발끝 신경을 더욱더 곤두세웠다. 페루 와라즈에서 출발해 해발 4,600m 안데스산맥을 트래킹해야 만날 수 있는 69호수. 고산지대에서 가파른 산맥을 오른다는 것은 쉽지 않다. 정상으로 올라갈수록 경사는 심해졌고 머리는 깨질 것 같았다. 끊어 쉬는 호흡에 헛구역질이 났다. 도중에 어지럼증을 호소하며 누워있는 사람들과 물을 마시며 호흡하는 사람들. 모두 멈출 수도 없는 산길에서 정상만 바라보며 발을 옮길 뿐이었다.

☾

산은 그동안 걸어왔던 길을 등허리에 흩뿌리고 그것을 주워 담아 정리하게 했다.

나는 살면서 자주 주저앉았고 주변 사람들의 걸음걸이에 맞추려 애를 썼다. 주저앉아서도 쉽게 일어서지 못하는 나를 질책했다. 급한 마음을 부여잡고 속만 태워대는 발걸음을 채근했다. 걸음이 엉켜도 쉬어가면 되었고 지나쳐 가는 사람들에 조급해할 필요도 없었다.

여행과 산행 그리고 우리의 인생은 닮아있다. 그리고 모두 혼자 걷는 데에 힘이 있다.

정상의 막바지에서 유년 시절에 아빠와 오른 경주 남산이 떠올랐다. 산은 사람을 미워하지 않는다는 아빠 말이 생각났다. 여행과 산이 닮은 것은 떠났으니 반드시 돌아오는 것.

문득 훌쩍 떠나버렸던 그의 등이 나와 참 닮았다는 생각이 들었다. 그때는 당신이 미웠지만 떠나고 싶은 마음이 자꾸만 그때의 당신 같다. 내가 떠나는 날 당신의 마음도 같았을까.

뒤에서 헐떡이면 앞에서 기다려 주고 어느새 등을 밀어주었던 아빠와의 오르막길.

산안개처럼 생각이 피어났다 걷히길 반복하다 보면 정상 위에서 아빠가 기다릴 것만 같다. 마음 깊숙이 존재

하는 당신과 숨이 턱까지 차오르는 이 길을 나란히 걷고 싶다.

오늘 밤은 지친 나의 발을 어루만지며 당신의 꿈에서라도 맨발로 뛰놀고 싶다.

겨울밤

누군가가 나를 청춘이라 부르면 자연스레 어른이 될 수 있다 생각했지만 애석하게도 그러하지 못했다. 흘러가는 시간 위에서 나는 꽤 오랫동안 방황했다. 초연한 얼굴로 감아놓았던 끈이 어디서부터 엉켜버린 탓인지 괜찮다 다독여 봐도 괜찮지 않았다. 잠재된 불안함에 사로잡혔을 때 유랑인 듯 길었던 여행을 떠났다.

그때 만났던 소중한 동행들이 어쩌면 동굴 속에 있던 내 손을 잡아주었는지도 모른다.

에펠탑 앞에서 화이트와인을 마시며 밤새 수다 떨었던 파리 동행들.

잘츠부르크에서 만나 빈, 부다페스트까지 함께 다니고 그 이후에 필리핀 여행도 떠났던 동갑 친구.

베네치아를 옆집 골목처럼 누볐던 이탈리아 동행들.

나라마다 스쳤던 인연들 덕분에 더할 나위 없이 행복

했다.

어제는 스페인 숙소에서 만난 언니들이 연락이 왔다. 샹그리아에 취해 소주로 더 가까워진 우리는 줄곧 만남을 가져왔다. 가지고 있던 비상약을 전부 내어주던 그녀들은 매년 나의 건강을 묻고 그때를 동경했다. 시간이 지나면서 알게 된 것은 오래된 인연보다는 오래 생각해 주는 사람들이 좋다는 사실이다. 그리고 오래전 추억들이 모여 우리를 춤추게 만든다.

나를 항상 그때로 데려다주는 사람들. 전시회를 보고 낮술을 마시고 채워지고 비워지는 그때로 내 손을 잡아 이끈다. 지난날의 나를 용서하고 용서하는 마음을 은근히 품게 만든다. 서로의 멋있음을 존경하고 멋없음을 함께하는 그런 사이. 코끝이 시리면 달큰한 팥이 터질 것처럼 들어있는 붕어빵이 생각나듯. 그렇게 불쑥 나를 찾아오는 그녀들이 진정으로 행복했으면 좋겠다. 겨울밤은 유난히도 생각나는 사람들이 많다. 그래서 여름보다 밤이 일찍 찾아올까. 또 이렇게 부여잡고 싶은 네 계절이 지나고 있다.

오늘 저녁에는 뭉근한 마음이 뭉개지지 않도록 뜨거운 붕어빵 봉투를 품에 꼭 안고 가야지.

해진 마음을 모으는 넝마주이

새것보다 헌것에 마음이 가는 이유는 누군가의 어제가 묻어서일까. 모서리가 찍혀있는 중고 책에는 밑줄 그은 연필 자국이 있고 빈티지 유리그릇은 금이 간 흔적도 볼 수 있다.

나는 나라마다 빈티지 가게에 들르는 것을 좋아한다. 골동품 시장에서 하루를 보내기도 한다. 그리고 빈티지 시장이 열리는 요일은 비워놓는 편이다.

물건은 한 번 사용하게 되면 중고, 헌것이 돼버린다. 그중 오래된 물건일수록 상태가 좋은 빈티지 제품은 몸값이 높기도 하다. 화병, 거울, 촛대, 유리잔, 티스푼 등 신문지에 두어 번 말아서 내어준다. 옛 주인의 흔적을 데려오는 날은 괜히 마음이 수런거린다. 얼굴 한번 보지 못한 주인의 손때를 먼저 만나서일까.

체코 프라하 구시가지에 가면 오래된 서점이 있다. 새

것보다 오래된 것이 눈에 들어오고 그것을 다듬는 사람들에게 마음이 간다. 서점은 작지만, 점원은 제법 눈에 띄어서 그들을 살펴보기 시작했다. 책들과 그림, CD 테이프, LP판, 엽서 등을 정리하고 새로운 주인을 찾아주는 일.

나는 그것을 바랜 자국을 선명하게 문지르는 일이라 부르고 싶다. 오래된 것에 묻어나는 누런 자국은 주인의 애정 어린 손때 같다가도 어딘가 해진 마음 같다. 낡고 오래된 것은 그렇게 많은 이야기들을 품고 산다. 오래된 물건들을 보고 있으면 사람도 비슷하다는 생각이 든다. 마음이 넝마가 되어버린 사람 앞에서 나는 그들의 이야기가 쌓이기를 기다린다. 넝마주이의 어깨가 아려도 짐은 무거웠으면 한다.

습관

어렸을 때 우리 동네에는 도서관이 없었다. 엄마는 집으로 오는 방문 책 대여를 신청하거나 서점에 가서 시리즈별 묶음을 사 오셨다. 나는 주말 오전에 오는 신문을 읽고 시집이나 수필 읽는 것을 좋아했다. 그리고 가끔 동네에서 벗어나 버스를 타고 가야 했던 도서관에서 시간을 보냈다. 꾸벅꾸벅 졸고 있는 사서와 삐걱삐걱 나무 소리가 나서 조심히 걸어야 하는 바닥. 창문 밖에서 흔들리는 나무 소리. 그 모든 것을 말하라면 시 같았다.

가만히 앉아서 생각에 잠기면 꼭 노래가 될 것만 같았다. 거기서 읽은 날보다 하릴없이 끄적이는 시간이 더 많았다.

나는 줄곧 얇은 바람에 마음이 흔들리고 불현듯 스치는 향에 예민했다. 그리고 누군가가 찾아와 속 사정을 늘어놓으면 속절없이 며칠을 생각한다. 그럴 때는 캔들을 피우고 좋아하는 시집을 읽는다. 내면의 감정이 또 다른 내면을 파고드는데, 그 시간에 잔잔히 머무르는 것을 좋아한다. 슬픔을 돌보는 시간을 부러 만든다는 것이다. 시 한 편을 꼭꼭 씹어 읽을 때 쓸모 있고 건강한 슬픔을 끄집어낼 수 있다. 한 편의 시가 나를 찾아와 속 사정을 터놓는 것만 같다. 나는 그 습관을 멀리 데려가기 위해 항상 여행 떠나기 전날은 시집 한 권을 챙긴다.

시가 떠오르는 곳, 시를 보여주고 싶은 사람들, 시를 중얼거리다 수런거리는 마음.

여행자의 가난한 마음이 매일 밤 낯선 침대에서 부유해진다.

아무것도 하지 않아도 무언가로 채워졌던 낡은 도서관처럼 노래 같은 날들이 있었다.

흐린 날의 연주회

　우울의 감정을 극도로 치닫는 데에 있어 비가 내게 그
랬다. 그러나 비 오는 날을 좋아하는 이유도 거기에 있었
다. 우울함을 꺼낼 때 비의 힘을 조금 빌릴 수 있기 때문
이다.

　여행 중에 비 소식이 있는 날이면 메마른 마음을 무르
게 건드려 주기를 기다린다.

　오스트리아 잘츠부르크에서 오랜만에 소나기를 만났
다. 창가에 부딪히는 빗소리에 눈을 떴다. 이틀 전 슬로베
니아에서 양산으로 썼던 2유로짜리 우산을 꺼냈다. 날이
좋지 않은 탓에 거리는 한산했다. 우산에 부딪히는 빗방
울이 제법 굵어지면 사사로운 소리는 자연스레 물러나게
된다. 별다른 생각 없이 걷다가 카피텔광장에서 들리는
악기연주에 몸을 돌렸다. 여인을 가만히 지켜보는 한 사
내와 마치 그를 위한 연주처럼 보이는 악기. 그 둘의 미

묘한 그림자에 멜로디가 섞여 그렇게 광장 위를 나뒹굴고 있었다. 광장을 스치던 사람들은 하나둘씩 모여 어느덧 그녀를 둘러싸기 시작했다. 연주가 끝나고 젖어 있는 바지의 밑단처럼 축축해진 분위기에 누구도 쉽사리 발을 옮기지 못했다.

한 명을 위해 소리를 내어주는 일. 그리고 이내 그것이 한 명을 위해 모두가 숨죽이는 일이 돼버리는 것.

연주가 빗소리보다 요동칠 때 우울의 울음은 그칠 줄 몰랐다. 한 사람의 횅횅한 마음을 펼쳐놓고 제멋대로 흩어지게 했다. 우울함은 나에게 있어 빗물 같았다. 마르지 않고 내내 고여 있는 빗물이었다.

리도섬

　베네치아 본섬 동쪽에는 해변이 있는 리도섬이 있다. 해 질 녘에 거닐면 한적한 모래사장은 내 것 같았다. 바람이 불면 파도가 바지 밑단을 적시는데 꼭 나를 기다린 착각이 들게 했다. 귀를 덮은 파도 소리에 눈을 감으면 뱃멀미처럼 옛 기억이 눈앞에 밀려왔다. 홀로 섬에 가는 이유는 검은 바다에 대고 묻고 싶은 것이 많아서였다.

　혼자 남아야 살 것 같은 내 모습을 보니 아빠와 너무도 닮아 있었다. 나를 불쌍히 여기기도 하고 도망치듯 떠나온 내가 비겁하기도 했다. 측은한 감정들이 애틋할 때쯤 하늘은 마음처럼 붉게 물들었다. 생면부지의 사람 앞에 나는 그동안 아빠에게 다정하지 못했다고 늘어놓았다. 새파래진 입술로 불어오는 짠 내를 삼킬 때는 깊은 바다가 무섭지 않게 느껴졌다. 스스로 묻고 싶은 것이 많아 자꾸만 속내를 모래에 묻었다. 나를 아주 아끼는 아빠

와 나란히 옆에 앉아 출렁이는 바다를 보고 싶다.

사랑의 감정을 어느 날 갑자기 후회와 용기로 가져다 준 사람.

본가에서 쉬다가 돌아갈 때마다 또 언제 오냐며 내내 되묻는 사람.

네 식구 단란하게 떠나는 여행을 아이처럼 좋아하는 사람.

그동안 나의 안부를 살펴주었듯 이제는 아빠의 이야기를 듣고 싶다.

그리고 어린아이처럼 달려가 안기며 말하고 싶다.

"아빠! 사랑해."

뜨거운 마음을 찬 바다에 흘려보낼 수가 없어 그곳에 묻어두기로 했다.

섬은 어쩌지 못하는 마음을 두고 오기에 은밀하고 넉넉하다.

한 사람을 위한 한 그릇의 그림

여름은 여름이라서 덥고 겨울은 겨울이라서 춥다고 생각했다.

여름의 잠자리는 땀을 흘리는 게 당연하고 겨울은 몸을 웅크리는게 당연한 계절이었다.

그럴 때 엄마는 음식으로 우리를 달랬다. 선풍기를 강풍으로 틀고 먹는 시원한 오이냉국과 걸쭉한 미숫가루. 이불을 몸에 두르고 먹다 혼났던 숭늉과 신김치로 끓인 김치찌개.

복날이 더 바빴던 우리 집은 장사가 끝나고 닭 통구이를 튀겨 주셨는데 후끈한 열기에 땀 흘리며 먹어도 꿀맛이었다. 겨울에는 부엌에 두었던 귤이 얼음같이 차가워서 이빨이 딱딱 부딪혀도 손이 노랗게 물들 때까지 계절을 잊게 했다.

더위와 추위를 구태여 쫓지 않고 받아들였던 유년 시

절이 날씨에 무른 성격으로 만들어 주었다. 그래서인지 나는 더운 나라에서 먹는 따뜻한 음식을 좋아한다. 바깥 바람이 들어오는 나무 테이블이라면 저녁까지 그곳으로 정해진다.

태국 시골 마을 빠이에는 여섯 명만 앉을 수 있는 라면집이 있다. 오픈 키친, 원 테이블에 닭고기와 돼지고기를 곁들인 라면을 내어주는 곳. 엄마가 뜨거운 고기를 맨손으로 칼질할 때 어린 아들이 야채 육수를 내고 면을 헹군다.

적당하게 꼬들꼬들한 면발과 담백한 국물은 땀을 흘리며 먹어야 제맛이다. 아이는 내게 달라붙은 파리를 쫓아주다가 빈 그릇을 치우기도 한다. 제 몸에 맞지 않는 앞치마를 두른 채 면을 삶는 뒷모습은 한 그릇의 그림 같기도 하다. 누군가를 위해 부엌에서 칼질하는 뒷모습을 보면 금세 마음이 뭉근해진다. 꼭 우산을 쓴 채 다른 한 손에 우산을 챙겨 가는 뒷모습과 닮았다.

어느 날 마음의 비를 흥건하게 맞고 나를 찾는 누군가가 있다면 따뜻한 한 그릇을 대접하고 싶다. 슬픔으로 체한 마음을 꼭꼭 씹으면서 나란히 마주 앉고 싶다.

손님을 보내고 잎에 말린 찰밥을 먹는 아이는 그간 여러 마음을 달랬을 것이다.

☾

음식 앞에서 계절을 잊어버리는 것은 이미 그 계절을
사랑하고 있다는 뜻이다.

여름 노을

꼭 자전거를 타야 할 것 같은 날이 있다. 걸을 때보다 거칠게 감싸는 바람은 깨어있는 느낌이 들게 했다. 자전거의 페달에 체중을 실어 밟으면 곧장 하늘에 닿을 것만 같았다. 쿠바의 작은 마을 플라야 히론에 도착하자마자 자전거를 빌려야겠다는 마음부터 들었다.

이른 저녁을 먹고 가까운 이웃집에서 자전거를 빌렸다. 수평선이 보이는 곳으로 페달을 밟고 스치는 바람에 나를 맡겼다. 곧 울음이 터질 것 같은 노을을 데리고 바다로 향했다. 꼭 나를 기다리는 누군가가 있을 것만 같다. 여행이 깊어질수록 잠재되어 있던 어린아이 같은 마음이 자꾸만 들추어진다. 애써 어른이 되려고 감추었던 순수함은 누구에게나 있다는 생각이 들었다. 우리는 왜 솔직함 앞에서 늘 망설이게 될까. 잊고 살았던 감정을 낯선 곳에서 꺼낼 때 살피지 못했던 여린 마음이 솟구친다. 여행지에서 솔직해질 수 있는 시간은 매번 노을 앞이 된다. 붉은 노을은 내 마음을 가지고 그렇게 바닷속으로 잠겼다.

사실 그동안 사람을 만나는 것이 좋아서, 어쩌면 사람을 찾아서 떠났는지도 모른다.

스치는 인연에 흔들리고 오래 행복해했다. 그러나 언제부터였을까. 사람과 만남에 있어 두렵고 겁부터 났다. 사람으로 기운을 얻었던 지난날과 달리 약속일을 앞두고 힘들어했다.

살면서 점점 누군가의 앞에서 나를 보여준다는 것에 멀미가 온다. 그런 생각들로 인해 자주 몸이 뜨거워졌고 어지러웠다. 수화기를 내려놓은 전화기처럼 먹통이 돼버린 것 같았다.

세상에 모든 뜨거운 것들은 식기 마련이다. 여름의 끝자락처럼.

노을은 잠기고 칠흑 같은 밤이 내게 와 안겼다. 온기가 식고 냉기만 흐르는 밤하늘은 마지막처럼 별을 쏟아 냈다. 흐르는 바다 위에 유유히 떠 있는 그림자는 남아있는 설움 같다.

홀로 떠난다는 것은 홀로 버틸 힘만 남았다는 말이기도 하다. 나는 이 말을 좋아한다. 날이 갈수록 가슴에 머

무는 해는 짧고 밤은 길다.

그날 밤 나를 붙잡는 다정함은 반딧불이뿐이었다.

기다리는 이 하나 없는 그곳에 진하게 스며들기도 하면서.

홀로 여행 130일

19살, 앞치마만 둘러매면 뭐든 해내시는 엄마를 보고 하루빨리 어른이 되길 바랐던 그날도 어느덧 10년 전 이야기가 돼버렸다. 시간이란 녀석은 성격이 급해 우리를 기다려 주지 않고, 때론 차가울 만큼 쌀쌀맞기도 해서 기회조차 없기 마련이다. 그래서 나는 두 번 다시 없을 스물넷에 긴 여행을 결심하였고, 동시에 대단한 무언가를 얻으려는 욕심부터 버렸다. 어쩌면 내가 몰랐던 세상에 조금 발을 디디는 정도일 것이다. 떠나는 것에 대한 두려움보다 나에게 주어진 130일의 기회가 더 설레었기 때문에.

"가장 기억에 남는 나라가 어딘가요?"

여행 중 길에서 만났던 수많은 인연과 그들에게 받았던 한결같은 물음들. 만나는 사람마다 처음 받았던 질문처럼 고민 없이 대답할 수 있었던 이유는 아마 그곳이 모로코였기 때문일 거야. 그날을 떠올리려면 밤새도록 수다를 떨어도 모자라는 날이지.

향이 진한 차 한 잔과 내 이야기를 나보다 더 행복하게 들어줄 당신만 있다면.

"당신이 꿈꾸던 여행은 어떤 여행인가요?"

잔잔한 첼로 멜로디와 에스프레소 향을 즐기는 파리 지앵보다 터번을 두르고 낙타에 올라타 황량한 사막을 거닐던 여행자를 꿈꿔왔다. 마치 미술관에 걸려있는 작품 속 쓸쓸한 유랑자처럼. 어쩌면 그 유치한 이유 하나가 130일 여행의 시작이었을지도 모른다.

"야, 시베리아 횡단 열차 타고 유럽 갔다가 모로코까지 찍을까?"

친구에게 그 말을 던지고 한 달 뒤에, 어학연수 가려고 모은 돈을 몽땅 들고 유럽으로 날아갔다. 내 인생 첫 번째 버킷리스트, 시베리아 횡단 열차를 예매하고 편도 비행기 티켓만 끊은 채로 떠나는 여행 말이다!

그렇게 24살 시작과 함께 무계획으로 떠난 여행의 끝자락에 어느덧 러시아, 아이슬란드, 영국, 프랑스, 포르투갈, 스페인, 모로코, 이탈리아, 스위스, 크로아티아, 슬로베니아, 오스트리아, 헝가리, 체코, 독일, 폴란드 16개국을 다녀오니 24.7살이 되어있었다. 하고 싶은 것은 해야 하고 가고 싶은 곳은 가야 하는 성격 때문에 30살이 된 지금도 엄마 잔소리와 함께 살지만, 어쩌면 내가 만드는 행복한 방황인지도 모르겠다.

새벽 4시, 몇 주 전부터 꾸린 배낭과 시베리아 횡단 열차에서 먹을 일주일 치 식량을 챙겨 집을 나섰다. 당분간 못 보게 될 딸을 위해 어릴 적 소풍날처럼 김밥 준비 중인 엄마와 배낭 한 번 더 살펴주시는 아빠. 공항까지 바래다주지 못한 게 내심 마음이 쓰였는지 "놀러 간다는데 배웅은 안 해도 되지 뭐, 맞나!" 경상도 사나이답게 던진 무뚝뚝한 말이지만 애써 감추려는 미안함을 알고 있다. 엄마의 부스스한 머리칼과 아빠의 늘어진 옷자락 그리고 슬리퍼 차림으로 손 흔들어 주던 모습이 아직도 눈에 선하다.

"금방 올꺼제?"

그때는 내 못난 욕심 때문에 엄마의 마음을 미처 알지 못한 채 그렇게 비행기에 올랐다.

러시아를 시작으로 아이슬란드, 영국, 프랑스, 포르투갈, 스페인 등 즉흥적으로 루트를 잡았다. 꿈에 그리던 에펠탑에서 화이트 와인도 마시고 열흘 계획이었던 런던이 너무 좋아 3주를 눌러앉기도 했다. 포르투갈 야경을 보며 분위기에 취했고 스페인 파에야를 맛보고 샹그리아를 들며 "cheers!"를 외쳤다. 그러나 사실 매일 행복한 건 아니었다. 돼지고기 듬뿍 넣은 엄마표 김치찌개가 너무 먹고 싶어 집에 돌아가고 싶었고, 그렇게 갈망하던 유럽의 거리가 나의 평범한 일상이 돼버린 순간 지겨워지기도 했다. 말도 안 돼. 여행이 지겨워지다니. 평범한 것들이 그리워지고 갈망하던 것들이 지겨워졌다. 무엇이 이토록 잔잔한 마음을 요동치게 하는 것일까. 그리고 가지고 온 지도를 펼쳤다.

"그래, 다음은 모로코야."

여행 중이었지만 나를 더 여행 속으로 데려갈 무언가

가 필요했다. 나는 다시 시작한다는 마음으로 가방끈을 조여 맸다. 그때의 모로코는 내가 일어서기에 충분했다.

내가 있던 스페인 남부 세비야에서 아프리카 사하라로 가기 위해서는 국경을 넘어야 한다.

타리파-탕헤르-마라케시-메르주가. 시작도 전에 한숨부터 나오는 기나긴 여정.

여행을 하다 보면 인내심이 필요한 순간이 꽤 찾아온다. 연인이랑 지독한 말다툼과 같은 순간처럼 말이다.

우선 페리를 타고 국경을 넘기 위해 타리파 선착장에 가야 했다. 정열의 플라멩코처럼 뜨거웠던 세비야의 일주일을 뒤로한 채.

버스로 1시간 반을 달려 선착장에 도착했다. 2시간 뱃멀미를 해가며 우여곡절 끝에 탕헤르에 도착했더니, 마라케시행 열차가 8시간 뒤에 있다는 것이다. 꼼짝없이 노숙이다. 난생처음 아프리카 땅을 밟자마자 기차역 노숙이라니. 첫 만남치고 격한 환영이다. 지금 이 순간 침 자국 가득한 내 이불과 "집 나가면 개고생이라 안 하더나!" 엄마의 따가운 잔소리가 조금 그립다. 그렇지만 괜찮다. 이제는 여행 동반자가 돼버린 45L 배낭과 엉덩이만 붙일 수 있는 공간만 있다면 어디든 갈 수 있을 것만 같다.

기나긴 8시간 대기 후 겨우 올라탄 열차는 좌석이 불편해 뜬눈으로 지새우다가 12시간 만에 마라케시에 도착했다.

뜨겁다.

24시간 이동으로 지칠 대로 지쳐버린 나를 반기는 달갑지 않던 40도의 날씨. 한숨도 잠시, 여기서 우리는 또다시 미니밴을 타고 1박 2일을 달려야 한다. 각국에서 사하라를 보기 위해 모여든 배낭여행자들과 덜컹거리는 미니밴에 몸을 싣는다.

그들이 사하라를 찾은 이유는 제각각이지만 분명 우리는 긴 기다림 끝에 주는 달콤함을 믿는다. 물론 그 순간이 미울 만큼 짧게 느껴진다는 것도 잘 알고 있다.

달리면서 '글래디에이터' '왕좌의 게임' 촬영지였던 아잇 벤하두에 들렸고 아틀라스산맥의 허리를 달려 바람을 맞았다. 창문 너머 보이는 절벽에 넋을 잃다가도 기사 아저씨 18번 노래 반복으로 귀가 따가웠다. 그러는 사이 밤이 돼버렸고 우리는 여기서 잠시 쉬어가기로 한다. 거리에 집이라곤 오늘 밤 머무르게 될 숙소밖에 보이지 않았다. 하룻밤 눈만 붙이고 우리는 다시 사하라를 향해 달려야 한다.

다음 날 해가 밝았고 드디어 여정의 마지막 날이 올랐다.

드문드문 보이는 판자촌을 지나니 어느새 창밖의 풍경은 끝이 보이지 않는 황무지뿐이었다. 이 기사 양반은 동서남북 같은 풍경을 참 잘도 달린다. 그러고 보니 여기가 아프리카구나. 내가 진짜 아프리카에 오기는 왔구나. 그렇게 반나절을 달렸을까. 창밖으로 보이는 낙타 두 녀석이 사하라가 눈앞이라는 것을 알려주었다.

덜컹- 반가운 소리와 함께 미니밴의 문이 열렸다.
그리고 나는 드디어 여행한 지 50일째 되는 날 그곳에 도착했다.
사하라, 그곳은 나를 다시 여행의 시작점으로 데려다 준 곳이었다.
낙타를 타고 1시간 정도 가면 오늘 밤을 보내게 될 베이스캠프에 다다른다. 40도가 넘는 더위와 사방으로 부는 모래바람과의 싸움. 끈적끈적한 몸 사이 달라붙는 잔모래와 배낭을 메고 낙타를 타느라 뭉친 어깨가 지독하게 괴롭힌다. 설령 그러면 어때, 사하라에 왔잖아.

두 눈으로 마주했음에도 불구하고 나는 온몸으로 사하라의 모든 걸 담고 싶었다. 아무래도 믿기지 않아서 맨발로 모래언덕을 더 꾹꾹 밟으며 걸었다. 하얀 도화지에 하늘색과 갈색 딱 두 가지 색으로 칠해져 있는 풍경은 나를 황홀하게 만들기에 충분했다.

130일 여행의 절반 앞에 눈물이 날 것 같았다.

무엇을 얻으려 시작한 여행이 아니었기에 충분히 내려놓을 수 있었던 모로코. 그런 마음 때문일까. 그때부터 모로코를 사랑하게 됐는지도 모르겠다.

너무 행복해서 두 눈을 감았다. 눈을 떴는데 감사하게도 여전히 사막이었다.

오늘 밤 자야 하는 베이스캠프와 작은 나무 테이블과 의자. 프랑스 부부, 홍콩 여자아이들, 스페인 남자와 둥글게 모여 앉아 현지인들이 만들어 준 콩 볶음밥과 닭요리를 먹었다. 우리는 이 달콤한 순간을 예상했듯 서로에게 웃음을 지어 보였고 오늘 처음 본 이들에게 고마움까지 느낀다.

사하라는 이 분위기를 더 완벽하게 만들어 주기 위해 진한 색의 크레파스를 꺼냈다. 그리고 20가지 색 중 제일 짙은 검은색으로 하늘에 어둠을 칠했다. 금방이라도 긇

아떨어질 것 같았지만 잠을 잘 수가 없었다. 사막에 누워 바라본 수천 개의 별과 봉우리 너머로 쏟아지는 별똥별로 그 이유는 충분했다.

꼭 하늘이 두 팔 벌려 안아주는 것 같다. 그리고 어딘가로 데려갈 것만 같다.

그랬다. 여행의 절반쯤 왔을 때 나는 사하라의 밤처럼 더 짙어져 있었다.

돌이켜보면 나는 지난날 일상의 나태함을 채찍질했지만 그런 나태함이 여행에서는 사랑스럽게 느껴지기도 했다. 긴 여행을 하면서 혼자라는 이유로 두렵기도 했지만 언젠가부터 새로운 곳을 갈 때마다 그 나라가 나를 기다리고 있는 듯한 느낌을 받아 더욱 용기를 낼 수 있었다.

처음 마주하는 낯선 땅. 기다리는 이 하나 없는 그곳에 진하게 스며들기도 하면서 내일 해가 뜨면 또다시 오늘을 그리워함이 분명하다.

부디, 후회 없는 내일을 보내길 바라며. 당신의 여행에도 안녕을.

그렇게 런던은 내게 첫사랑처럼 일렁이었다.

문득 꿈을 꾸다 온 것 같아. 책상에 앉아 불편한 자세로 잠이 들었는데 아주 달고 진한 꿈을 꾼 것처럼 말이야. 이상하게도 그날의 꿈은 거리에 울려 퍼진 기타 연주도, 방금 구운 피자 냄새도 모든 것이 생생했어. 잘 입지도 않는 꽃 패턴 원피스를 꺼낸 걸 보니 무척 신이 났나봐. 아마도 오래도록 깨고 싶지 않을 것 같아.

"나 드디어 런던에 왔어!"

아이슬란드에서 새벽 비행기를 타고 도착한 그곳은 이름만 들어도 몽글몽글해지는 런던이다. 공항에 도착하니 오전 10시 반. 까다롭기로 악명 높은 런던 입국심사를 마치고 수화물로 맡긴 배낭을 찾아 그곳을 빠져나왔다. 공항과 연결되는 열차를 타고 숙소가 있는 런던 브릿지 역으로 가야 한다. 오전인데도 불구하고 기차역을 붐비는 사람들과 시끌벅적한 안내방송이 벌써 나를 정신없게 만들었다. 지금부터 런던이 내게 준 숙제가 시작된 것이다. 흑인 안내원의 도움을 받아 겨우 표를 끊고 오늘따라 더 무겁게 느껴지는 배낭과 함께 열차에 몸을 실었다. 내려야 할 역을 놓치지 않기 위해 어느 때보다 귀를 쫑긋 세웠고, 새벽 이동으로 피곤함을 잊은 채 긴장을 늦추지 않았다.

"우와…. 여기가 런던이구나. 진짜 유럽 같아. 어쩜 좋아, 벌써 로맨틱하잖아."

첫 혼자 여행과 동시에 유럽도 난생처음이었던 나는 아이슬란드와는 사뭇 다른 느낌에 한껏 들떴다. 벌써 무슨 옷을 입을까 고민하며 런던에 있는 내내 날씨가 좋았으면 하는 욕심도 품어보았다. '영국' 하면 떠올렸던 거리와 기억 속 퍼즐을 맞춰보면서 말이다. 그렇게 두근거리는 마음이 일렁이기 시작했다.

"런던은 신호등마저 예쁘네. 영국 남자들은 전부 젠틀하겠지? 어, 저기! 길고양이들 좀 봐."

☽

아마도 벌써 이 나라에 빠진 것 같다.

이동으로 지친 탓에 내일부터 움직이려 했으나 분위기와 날씨는 나의 발걸음을 서둘러 재촉하게 했다. 서머타임제가 시작되어 해는 충분히 길었고, 런던 브릿지와 타워브리지는 숙소에서 5분 거리였다. 런던과 어울리는 흰 원피스로 갈아입고 귀에 이어폰을 꽂았다. 그리고 런던 브릿지 위에서 바라보는 타워브리지와 내 마음처럼 일렁이는 템스강, 곧 핑크빛 노을로 머금게 될 하늘에 흠뻑 취해 있었다.

첫 만남부터 나를 깊은 사랑에 빠지게 했던 그곳은 런던이었다.

보고 있어도 더 담고 싶은 도시와 구름 한 점 없는 투명한 하늘, 그 아래 오후 일곱 시의 여유를 즐기는 사람들. 도착한 지 하루도 채 지나지 않았지만, 떠나는 날이 온다고 생각하니 한순간이라도 더 담기 위해 애를 썼다. 행복하게도, 이 아름다운 순간 앞에 홀로 서 있다.

말없이 이어폰을 더 깊게 눌렀다. 타이밍에 맞춰 흘러나오는 잔잔한 음악과 흰 원피스와 어울리는 소프트아이스크림은 이 시간을 더 달콤하게 만들었다. 언덕에 걸터앉은 채 순간의 달콤함에 더욱더 스며들었다. 여유와 무료함의 경계선에서 첫 번째 밤을 숨죽여 기다렸다. 멍하니 바라보는 나태함과 낯선 곳이 가져다주는 적당한 무게, 나를 에워싸는 분위기에 찬찬히 집중했다.

핑크빛 노을로 물들이기 아쉽게 런던의 밤이 찾아왔다.

내일의 런던을 고대하며, 오늘 밤은 여느 때보다 긴 꿈을 꾸었으면 좋겠다.

영원히 깨고 싶지 않을 꿈처럼 말이다.

그곳이 런던이라는 이유로

    4월의 런던, 봄이라기에 조금 쌀쌀맞은 날씨. 런던 브릿지 기차역에서 처음 만났던 그날을 난 아직도 뚜렷이 기억해.

    떠나기 전부터 인생 여행지라며 체크해 두었던 세븐 시스터즈에 가기 위해 아침부터 설레는 마음으로 숙소를 나섰어. 4명 이상 기차 티켓을 구매하면 저렴하다고 하여 유럽 여행카페에서 만난 동행들과 기차역에서 만났지.

    다들 각자 다른 이유로 여행 중이지만 그 순간만큼은 하나의 이유로 우리가 되는 거야.

    출장으로 왔다가 잠깐 여행 중인 회사원과 깨가 쏟아지는 신혼부부, 커피를 좋아해서 여행 온 너 그리고 혼자 여행 중인 나. 아직 유심을 사지 못한 나는 허둥지둥 길을 물어 겨우 약속 장소에 도착했어.

"어, 연락이 없으셔서 한 분이 찾으러 가셨는데…."

네가 연락이 없었던 나를 찾으러 간 모양이야. 그리고 5분이 채 지나지 않아 저 멀리서 네가 뛰어왔어.

"안녕하세요!"

헐레벌떡 뛰어온 네가 웃으면서 나에게 인사를 해주었어. 가볍게 인사를 나눈 후 서둘러 기차에 올랐고, 우리는 옆자리에 앉게 되었어. 각자 여행계획을 공유하며 웃고 떠드는 사이 버스를 환승해야 할 브라이턴에 도착했어. 영국에 가면 꼭 타고 싶었던 귀여운 이층 버스를 타고 계단으로 올라가 제일 앞자리에 자리 잡았어. 확 트인 유리창이 보여주는 풍경은 도착하기도 전에 우리를 더 설레게 했는지도 몰라.

"사진 찍는 거 좋아하시나 봐요."

네가 풍경에 홀려 정신없이 셔터를 눌러대는 나를 보고 웃음을 보였어. 그 웃음이 너무 예뻐서 순간 풍경에 반한 건지 너의 웃음에 반한 건지 기분 좋은 착각에 빠졌던 것 같아. 그런 날 있잖아. 이유 모르게 종잡을 수 없는 감정으로 하루가 송두리째 예뻐 보이는 날.

"아, 잘 찍지는 못하지만.. 카메라 있으신 거 보니 사진 잘 찍으시나 봐요."

"여행 와서 찍다 보니 더 잘 찍고 싶어지더라고요. 오늘 많이 찍어드릴게요!"

카메라에 관해 이야기하다가 아름다운 풍경이 창밖으로 펼쳐지면 다시금 말없이 그 시간에 집중했어. 사실 내가 찍는 사진보다 네가 담아주는 내 모습이 더 궁금했는지도 몰라. 버스에서 내려 처음 시선을 끌었던 드넓은 초원과 그 위를 한가하게 뛰어놀던 소들. 그 사이를 가로질러 한 시간쯤 걸었을까. 우리는 더 말도 안 되는 그림과 마주했어.

"와 말도 안 돼."
"미쳤다."
"여기가 영국이라니!"

☾

우리는 다시 카메라를 켜 들고 쉴 새 없이 셔터를 눌러댔어. 일곱 개의 하얀 석회 절벽은 그야말로 대자연의 신비라고 표현해도 될까. 절벽은 사진보다 훨씬 멋있었고, 바람을 맞으며 들판을 거닐 때는 마치 영국의 끝에 서 있는 것 같았지. 난 눈을 감았어. 햇빛의 눈부심이 채 감지 못한 두 눈 사이로 새어 들어오고, 절벽에서 내려다보이는 잔잔한 바다 물결은 이루 말할 수 없었어. 오늘만큼은 혼자여서가 아니라 함께여서 감사했어.

"약속 있으세요? 시간 괜찮으시면 같이 야경 봐요."

그날 저녁 다시 런던으로 돌아갔고 우리는 타워브리지 야경을 보면서 한참을 걸었지. 키가 작은 나는 카메라 든 손을 한껏 위로 올려 야경을 담기 위해 손을 뻗었어. 너는 그런 내 모습이 우스웠는지 카메라를 뺏어 들고 너의 시선에서 타워브리지를 담아주었어.

그렇게 세븐시스터즈 동행으로 만난 우리는 다음날 그리고 그다음 날까지도 함께했어. 우리는 자연스레 편해졌고 너의 일정도 내게 맞춰주었어. 네가 갔던 갤러리와 소호 거리, 노팅힐 게이트, 빅벤까지 전부 다시 갔었지. 전시회를 보고 그림에 관해 이야기 나누다가 벚꽃을 보며 이른 봄을 보내기도 하면서 말이야. 노팅힐 게이트 담벼락을 수놓았던 런던의 벚꽃은 우리의 감정을 일렁이기에 충분했다고 핑계도 만들면서.

"참 신기해. 런던에서 어떻게 너를 만났을까. 너를."

"그러게. 생각할수록 신기해. 꼭 오래전부터 알던 사이 같아."

"여행계획만 같았다면 얼마나 좋을까. 나 런던이 더 좋아졌어."

"맞아. 런던은 그냥 말도 안 되는 곳이야."

우리는 서로의 이야기에 빠져들었고 추운 줄도 모르고 밤이 깊어지도록 빅토리아 거리를 걸었지. 사실 다음 날 감기에 걸렸지만 내일 숙소 앞으로 온다는 너의 말이 마지막이기에 우리는 더 오래 걸었는지도 몰라. 함께 탔던 지하철, 같이 먹었던 토마토 파스타와 치즈버거, 런던 아이에서 바라봤던 노을과 빨간 공중전화 부스 앞 빅벤의 야경은 정말이지 잊지 못할 거야.

☾

적당한 햇빛과 기분 좋은 바람의 오후, 밤이 되면 언제 그랬냐는 듯 차가운 공기로 돌아서 버리는 런던의 날씨까지 모두 완벽했다고 표현해도 괜찮을까.

그날 밤 숙소를 바래다주며 가방에서 영국 근위병 배지를 꺼내 내 손에 쥐어 주었어. 그리고 다음 날 너는 이탈리아로 떠나야만 하고 나는 다시 혼자로 남아야 해. 그렇게 각자의 자리로 돌아가는 거야. 그래. 우리 언젠가는 또다시 만나자. 비록 그곳이 런던은 아닐 테지만 네가 떠났던 날처럼 따뜻한 봄이었으면 좋겠어. 아주 먼 훗날 런던을 떠올렸을 때 우리만 기억하는 그 거리가 사무치게 그리워진다면 더할 나위 없이 감사할 거야.

그렇게 그렇게 예쁘게 가지고 있으면 되는 거야.

나는 그날을 런던에서의 풋사랑이라 불러도 될까.

네가 떠나는 그날도 구름 한 점 없는 하늘과 적당한 햇빛, 잔잔한 봄바람이 불어왔어.

우리의 흔적이 곳곳에 흩날리던 런던의 기억을 고스란히 담아갈 거야.

꽤 많은 시간이 지난 지금도 난 여전히 그때를 추억해. 열차에서 바라본 풍경, 해변의 백색 소음, 짙은 밤공기의 무게 그리고 오롯이 집중했던 시간. 이 정도면 예쁘게 잘 간직하고 있는 것 같아. 어느 날 누군가가 내게 "런던은

좋았나요?"라고 물어온다면 "말하자
면 길지요."라며 조금 비밀스러운 이
야기로 남겨두고 싶어.

너의 런던은 어땠어?
나는 런던이어서 너를 좋아했을까,
너와 함께여서 런던을 좋아했을까.

흘러가는 시간 위에 색을 입히는 사람들

쿠바에서, 영영 시들지 않는 꽃처럼

Hola, Trinidad!

하바나에서 4시간을 달려 도착한 쿠바의 작은 시골 마을 트리니다드.

한 달 남미 여행과 그중 쿠바를 열흘씩이나 계획했던 목적은 그곳에 있었다.

쿠바를 선택한 이들은 비록 말하지 않아도 '암묵적으로' 같은 이유일 것이라 믿는다.

갓 구운 빵 냄새, 낡은 철 자전거의 체인 소리, 골목을 누비며 샌드위치를 파는 수더분한 아저씨의 목소리로 트리니다드의 아침이 밝았다. 이곳에 있는 동안은 한국인들 사이에서 유명한 차메로 아저씨네 카사(게스트 하우스)에 머물기로 했다. 버터를 얇게 바른 바게트와 심심한

구아바 주스를 먹은 후 마요르 광장을 가기 위해 길을 나섰다.

화려하면서도 단조롭고 분주하면서도 여유로운 도시. 트리니다드가 보여주려는 삶은 어떤·하루일까. 구태여 붙잡지 않는 시간 위에 놓여 묵묵히 색을 입히는 것일까. 새하얀 도화지와 진한 물감보다 빛바랜 종이가 더 어울렸던 그곳을 나는 그토록 앓았던 이유는 무엇일까.

아기자기한 기념품 가게를 구경하다 보면 어느새 마요르 광장을 알리는 교회와 역사 박물관이 보인다. 2시에는 해를 피해 나무 그늘에서 맥주를 마셨고 노을이 드리우면 모히토를 들고 살사 축제에 빠졌던 하루가 전부였다. 어렸을 적 얇은 동화책 한 권만 펼치면 마을에서 일어나는 모든 일을 알았던 것처럼 그곳에서는 내가 이솝 우화의 주인공이 될 수 있었다. 굳이 지도를 보지 않아도 충분한 곳. 설령 길을 잃어도 새뜻한 골목을 발견할 것 같은 기분 좋은 착각에 빠졌다. 마음이 이끄는 대로 걷다가 우연히 발견한 골목 어귀에는 작은 소녀가 앉아 있었다. 소녀의 눈을 보고 있자니 도무지 이대로 지나칠 수가 없었다.

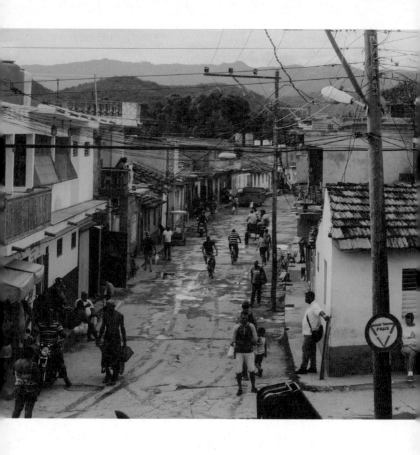

"Bonita"

짧은 스페인어로 뱉은 첫마디는 "예쁘다". 주근깨마저 귀여웠던 소녀는 내가 신기한지 자꾸만 힐끔힐끔 쳐다보았다. 이 귀여운 소녀와 몇 마디라도 더 나누고 싶어 다급한 마음에 번역기를 두들겼다. 트리니다드가 내게 마지막까지 애정 가득한 도시로 남아줬던 이유는 아마 첫날부터 알리를 만나서일까. 쉽사리 발이 떨어지지 않았던 순간의 감정을 뒤로 한 채 또다시 걸음을 옮겨본다.

그렇게 그늘 한 점 없는 뜨거운 골목을 누비며 하릴없이 걷고 또 걸었다. 물기를 가득 머금은 빨래들은 어느새 바싹 마르고 햇볕의 따가움도 모른 채 수줍어하는 두 소녀의 얼굴을 보려니 마음이 소란해진다. 이따금 돌이켜보면 그동안 걸어왔던 여행 속에는 늘 '사람'이 존재했다. 무심코 지나가다 마주친 어린아이의 눈빛에 발길을 돌리거나 열차 옆자리에 앉은 낯선 이에게 진심 어린 위로를 건네받는 것, 그리고 여행자라는 이유로 같은 길을 걸었던 동행과 헤어짐 앞에 눈물을 보였던 날까지. 사사로운 감정이 뒤엉켜 여행의 농도가 짙어질 무렵, 길 위에서 만난 모든 이들은 '내 사람'이 되어있었다.

깊은 사색에 빠져 채 정리하지 못한 감정을 되새기다 눈앞의 거리에 넋을 놓고 말았다. 색은 많지만 서로의 범

주에 구애받지 않으며 형형색색으로 칠하되 단조로움을 잃지 않는다. 집들이 즐비한 거리에는 쇠창살로 된 창문이 돋보였다. 사뭇 이질적으로 다가왔지만 그렇다고 차가워 보이지는 않았다. 보고 있어도 알 수 없는 곳이 그곳이었다. 쇠창살에 매달려 인사를 외치거나 틈 사이로 고개를 비집고 장난치는 꼬마 아이들을 바라보았다. 5일 내내 거리를 지나칠 때마다 늘 그 자리에서 나를 보며 손인사를 빼놓지 않았다. 순수한 얼굴 앞에 정리되지 않은 감정을 드러낼 수 없어 이내 웃음을 지어 보였다.

추적추적 내리던 가랑비는 푸석해진 마을을 촉촉이 적셔 주었다. 포장되지 않은 모랫길은 비가 오니 질퍽한 진흙이 되어버렸지만 그제야 흙냄새를 슬하게 맡을 수 있으니 좋다.

차메로 아저씨네 옥상에서 내려다보면 홀연히 시선이 머무는 그곳을 애정한다. 여기에 오기까지의 순간을 곱씹어 보면서 오늘 일기장을 빼곡히 채울 수 있겠다.

'올드카의 나라'라고 불릴 만큼 쿠바에서 흔히 볼 수 있는 올드카는 귀여운 장난감 같기도 하면서 그들이 살아온 세월을 비춰주고 있다.

"너무 귀여워 진짜. 올드카를 타고 하루 종일 골목을 누비면 얼마나 좋을까?"

볼 때마다 카메라로 연신 찍어댔지만 나를 에워싸는 분위기를 담기에 턱없이 부족했던 프레임. 고개를 돌렸을 때 발견하는 낯선 거리에 자꾸 마음을 빼앗긴다거나 금세 깊은 설렘에 빠진다. 골목 사이에 질서 없는 올드카들마저 온전히 나를 위해 의도한 작품이라 여기고 싶었다. 이내 멍하니 그림 같은 풍경을 보면 조금 전 마셨던 맥주 취기가 코끝을 스친다. 꼭 누군가를 처음 만났을 때와 같다. 첫 만남의 감정을 눌러 담은 채, 눈으로 한 번 마음으로 한 번 그렇게 두 번은 담아본다. 떠나는 마지막 날까지 내게 처음처럼 남아달라고.

마을 사람들은 그들만의 색을 입혀 채워갔다. 날것의 투박함을 사랑하면서 뜨거운 오후를 여유롭게 보냈다. 쿠바는 내게 천천히 가라고 말한다. 더 느긋하게 가끔은 뒤를 돌아보라고. 어쩌면 소중한 것은 늘 뒤에 있다고 말이다. 쿠바를 스쳐 간 사람들의 마음은 왠지 다 같을 거라며 떠나온 날을 다시금 품어본다. 비록 화려하지 않지만 시들지 않는 말린 꽃처럼 오래도록 지켜졌으면 좋겠다.

어렴풋이 무언가를 두고 왔다고 되새기게 되어 '언젠가'라는 말을 껴안아야 떠날 수 있을 것 같다. 누군가의 추억이 된다는 곳은 정말이지 아름답고 또 감사하다.

가장 좋아하는 계절 여름을 한국보다 먼저 만났던 4월의 트리니다드

Adios!

괜찮아요. 제가 있잖아요.
우리 천천히 오래도록 같이 걸어요.

　로마에 갈 것인가.

　여행 시작부터 망설였지만 끝내 콜로세움과 바티칸을
포기할 수 없어서 야간 비행으로 로마에 도착했다. 가기
전부터 겁을 먹었던 이유는 내게 로마의 이미지가 썩 좋
지 않았기 때문이다. 잠깐 한눈팔다가 경비를 모조리 낚
아채는 소매치기의 소굴 테르미니역, 집시들의 핫플레이
스 콜로세움, 이탈리아의 여름은 그야말로 지옥이라는
소문과 해가 저물기 전 숙소로 돌아가야 할 것 같은 분위
기가 내가 생각했던 로마이다.

　'빨리 이곳을 떠나버려야지.'

　'여행'이라는 자유로운 의미를 잠시 잊어버린 채 어쩌

면 '버틴다'에 가까울지 모른다는 속내를 웅크렸다. 도착과 동시에 얼른 떠나버리고 싶은 생각이 머리를 가득 메웠다. 숙소를 예약할 때마다 경비를 고려해야 하는 장기 여행자라서 한인 민박에 머문 적은 손에 꼽을 정도였지만 그중 한 곳이 로마였다. 공항까지 사장님께서 픽업하러 나와 주셨고 트램을 타면 가방은 꼭 앞으로 메라고 당부하셨다. 저녁에는 혼자 다니지 말고 해가 지기 전에 돌아오는 게 좋다고 말씀하셨다. 그렇게 숙소에 도착해 짐을 풀고 3일간의 일정을 살피다 잠이 들었다.

다음 날 아침, 불안감을 가진 채 예약한 남부 투어를 가기 위해 픽업 장소로 나갔다. 패키지, 여행사, 가이드. 이 세 가지 제약이 지독히도 싫어서 투어는 절대적으로 피하는 편인데 3일의 짧은 일정에 남부까지 가기 위한 욕심이 먼저였다. 친구들과 여행 온 여자들, 연인에서 부부 된 지 이틀째인 신혼부부, 나처럼 혼자 여행 중인 한국인들 사이를 비집고 아무도 없는 창가에 자리 잡았다.

"여기 옆자리에 앉아도 될까요?"

"네네."

"혼자 오셨어요?"

"네. 혼자 여행 중이신가 봐요."

"저도 혼자 왔어요. 오늘 같이 다닐까요?"

"좋아요!"

이런저런 여행 이야기를 나누고 있으니, 가이드분께
서 오늘 일정에 관해 설명해 주셨다.

"저… 제가 소리를 못 들어요. 입 모양을 보고 눈치껏
알아들어요.
가이드 설명이 너무 빨라서 도중에 놓쳐버렸네요. 방
금 뭐라고 했었죠?"

그녀와 짧은 대화를 나눌 때까지만 해도 미처 알지 못
했다. 이윽고 살짝 미소를 지어 보인 후 덤덤히 대화를
이어 나갔다.

"어릴 적 후천적으로 소리를 듣지 못하게 되었어요.

그래도 한 달 동안 잘 다니고 있네요!"

지금껏 얼마나 많은 사람과 부딪히면서 아픔을 설명해 왔을까.

그녀의 덤덤한 말에 더욱이 가슴이 조여 오고 이내 말 없이 창밖을 바라보았다. 여행길에서 각자의 사연을 가진 사람들을 만난다. 그중 나를 송두리째 흔드는 인연을 만날 때가 있다.

거리에 울려 퍼진 잔잔한 기타 연주도, 창밖과 어울리는 인디음악도, 소나기에 창문을 두드리는 빗소리도, 그리고 지금 말하고 있는 자신의 목소리마저 그녀는 듣지 못했다.

나는 자주 습관처럼 이어폰을 꽂고 흘러나오는 음악으로 허전한 분위기를 달랜다. 그러다 지겨워질 때쯤 눈을 감고 뒷자리의 속삭임을 엿듣곤 했다. 계획 없이 길을 걷다 골목 사이 들리는 연주로 몸을 돌리기도 하고 LP판 음악 숍에서 이것저것 노래를 듣다 하루를 보냈다. 여행을 더 채워주는 부수적인 요인이 어쩌면 작은 사치일 수 있겠다고 생각했다.

그녀는 가만히 창밖을 바라보았다. 그런 그녀를 바라보고 있으면 나는 한없이 작아진다.

　사색에 빠져 있는 틈을 타 덜컥 답이라도 내어줄 듯 눈앞에는 푸른빛 해변이 펼쳐졌다. 아말피 해안도로를 따라 끝없이 이어진 절벽 위에 옹기종기 이뤄진 지중해 마을들.

　이를테면, 초록색과 파란색 그 사이 청록색 물감을 풀었다고 할까. 반투명한 푸른 옥구슬을 굴린다고 말해야 좋을까.

　마음에 드는 표현을 생각하다 보니 어느새 로마에 대한 걱정마저 잊어버렸다.

　원래 투어를 할 때 가이드의 설명은 크게 집중하지 않

앉는데 오늘은 그녀가 놓친 부분을 알려주기 위해 조금이라도 귀를 기울였다. 설명이 따가워질 때쯤 버스에서 내려 소렌토 전망대를 바라보았다. 사진을 찍고 조금 더이동하자 포지타노라는 작은 마을에 도착했다. 도시보다마을이라는 표현이 더 어울렸던 그곳. 온통 레몬 사탕, 레몬 맥주, 레몬 비누, 방향제 등 이름처럼 어울리는 상큼한레몬 향으로 물들어 있었다.

"언니 저기 봐요! 너무 예뻐요! 절벽에도 사람들이 사나 봐요."

"날씨가 좋아서 시간만 더 있었다면 해변에 뛰어들었을 텐데!"

그렇게 우리는 한동안 해변 앞에 서 있었다. 그녀의 조용한 세상에 무례한 불청객일지 모르지만 잠깐 들어가 숨죽여 바라보는 시간이 좋았다. 바닷가 바로 앞 두오모도 아기자기한 상점이 즐비한 물리니 광장도 우리의 시간을 묵묵히 바라보고 있는 것 같았다.

예술가들이 사랑한 도시라 불릴 만큼 거리 작품들의 색채에 시선을 빼앗겼다. 아슬아슬한 절벽에 자리 잡고 있는 파스텔 색조 집들을 한 폭에 그대로 담고 있었다. 우리는 포지타노에 간다면 꼭 먹어야 한다는 페로니 레몬 맥주를 먹기 위해 설렘을 안고 상점으로 향했다.

"아, 좋다."

왜일까, 오늘은 맥주의 농도보다 레몬 향에 더 취하고 싶었다.

따가운 햇볕이 미울 법도 한데 코끝을 스치는 레몬 맥주에 기꺼이 내 시간을 주고 싶다. 우리의 온기를 식혀주는 것도 모자라 한 모금 마신 후 마주친 웃음으로 행복을 나누었다. 그것으로 서로에게 무언의 위로가 되었으리라 나는 믿는다.

그동안 사람이 좋아서 다치는 날도 허다하고 사람을 믿어서 내면의 한 조각을 잃은 날도 있었다.

하지만 오늘만큼은 사람이어서 더없이 감사할 뿐이다. 결국 여행도 사람인 것을.

언제부터였을까. 호젓한 듯 호젓하지 않은 골목이 참 좋다.

이 좁은 길을 지나면 어렴풋이 보이는 설렘이 기다릴 테고, 거기서 바라보는 마을은 더없이 아름다웠으므로.

햇볕 위 길어진 그림자가 미워도 햇살이 주는 따사로움은 삼키는 게 좋겠다.

아마도 그런 사람이 되고 싶어서일까.

햇빛을 피하고자 서 있던 사람들 사이 나는 온전히 스며들기를 기다렸다.

낯선 골목에 발이 묶여도 외롭지 않았던 여느 날처럼 그렇게 따사로이 살아가고 싶다.

"로마에 오길 참 잘한 것 같아요. 언니를 만났으니 이미 그걸로 충분한걸요."

찬찬히 내 입 모양을 살피다 다시 시선은 내 눈으로 돌아온다. 그리고 여린 목소리로 하나씩 대답해 주었다.

"내가 더 고마운 하루였어. 우리 한국에서도 꼭 만나자."

로마에서 포지타노로 가는 길 버스 안에서 들었던 노래 김동률의 출발.

나는 노래를 듣고 그녀는 가사를 보았다. 한국에서 보는 날을 약속하며 우리는 그렇게 헤어졌다. 여행 내내 그동안 나는 어떤 사람이었을까 곱씹으며 위태로운 길 위에서 삶의 무상함을 탓했다. 그릇이 채 만들어지기도 전에 세상이 던진 질문을 담느라 바빴던 지난날을 애석해하면서 생각의 꼬리는 늘 비극으로 끝이 났다. 나는 꽤 마음의 그늘이 가득 찬 사람이었고 그것들로 인해 늘 조급해하고 불안했다.

훗날 여행이 끝나고 지나친 나라를 떠올렸을 때 숱한 감정은 사람에게서 왔다. 그리고 이탈리아의 여름만큼이나 뜨거웠던 7월의 한국에서 1년 만에 다시 그녀를 만났다. 비로소 여행은 스스로를 비워내고 또 지워내는 것이라고 가르쳐주었다.

이탈리아 남부 포지타노, 내게 참 고마운 그곳을 잊지 않을 것이다.

비록 그날의 대화는 조금 느렸지만 그렇게 오래도록 천천히 같이 걸어요. 우리.

고산병

 늦은 밤 친구의 손을 뿌리치고 눈앞에 보이는 골목으로 뛰어 들어갔다. 벽을 잡고 조금 전에 먹었던 페루식 곱창과 고산병에 좋다는 코카잎 차를 모두 토해냈다. 숙소 언덕 한 계단 올라가는 것조차 힘에 부쳤다.

 30시간 이동이 지칠 때쯤 나왔던 구불구불한 산길과 고산병을 대수롭지 않게 생각한 잘못이기도 했다. 가지고 있던 약을 입에 털어 넣고 코카 잎을 씹어댔다. 해발 3,400m에 위치한 도시 페루 쿠스코. 아무것도 먹고 싶지 않았고 아무것도 할 수가 없었다. 내일 당장 잡혀있던 마추픽추 일정을 서둘러 확인했다. 게워 낸 속에서 올라오는 메스꺼움은 혀를 찔러댔고 육체는 바람 빠진 풍선처럼 축 늘어졌다.

 건드리면 바스러질 것 같았고 가만히 서 있기조차 힘들었다. 침대에 누워 천장을 바라봤더니 눈물인지 땀인지 뺨을 타고 흘러내렸다. 옷은 금세 식은땀으로 흥건해졌다.

내게 주먹을 쥘 만한 힘도 더 이상 들어가지 않았다. 속은 자꾸만 배배 꼬였다. 쓰라린 배를 움켜잡았다. 잠이라도 청하기 위해 억지로 눈을 감았다.

잠을 잔다고 해서 아픔이 그치질 않았다. 새벽에 자꾸만 누군가가 내 몸 위에서 짓누르는 느낌과 동시에 목을 졸라오는 것 같았다. 그러다 나를 가만히 쳐다보고 있거나 숨바꼭질 놀이를 하는 상상을 했다. 일정한 간격으로 숨을 고르게 뱉어내는 것에 집중했다. 몸은 차갑고 이마는 뜨거웠다. 내 주위를 둘러싼 영혼이 나약한 육체가 안쓰러워 울고 있는 것 같았다. 내게 시간이 충분했다면 이틀 정도는 집 밖으로 나가고 싶지 않았다. 엄마가 끓여준 얼큰한 소고기뭇국을 맛보면 조금 괜찮아질 것 같기도 했다. 그런 생각이 공중으로 빙빙 돌다가 속이 뒤틀리는 고통에 또다시 배를 부여잡기를 반복했다. 하지만 한 달 동안 남미를 다니기에 빠듯한 일정이었고 무엇보다 옆에서 곤히 자는 친구의 얼굴을 보니 짐이 되기 싫었다. 해가 뜨고 주인 할머니가 끓여 놓은 코카잎 차를 약처럼 들이켰다.

그날 알았다. 몸이 아픈 것보다 여행이 나에게 있어 버겁다는 사실이 두려웠을지도 모른다.

　그동안 나는 스스로를 미워하면서도 철저하게 믿어왔다. 인생의 가치관에서부터 시작되어 인간관계, 사랑하는 방식, 하물며 내뱉은 말들까지 고스란히.

　그래서 믿었던 만큼 스스로 얻은 실망감은 내 안의 누군가와 다투기도 하고 뒤돌아서기도 했다. 그리고 해가 바뀌는 마지막 날처럼 잘못을 꼬집어 댔다.

　이번 여행도 스스로가 정해놓은 기준점이 나를 애태웠던 것은 아닌지.

　날이 선 감정들에 체한 것은 아닌지.

　숱하게 걸어왔던 곳이 구태여 스미지 못하고 번져도 괜찮다고 다짐했다.

　그것이 여행이 끝나고 일상으로 돌아갔을 때 또한.

라파스의 밤

　고산지대가 어느덧 적응되어서 어제는 마추픽추투어도 무사히 다녀왔다. 오늘 밤에는 볼리비아 라파스로 넘어가기 위해 야간버스를 타야 한다. 12시간 이동 중에 국경을 넘어야 하므로 서둘러 배낭을 꾸렸다. 남미에서 위험하다는 도시에 발을 딛으려니 꽤 긴장되었다. 그래서일까. 도착하자마자 혼을 빼놓았던 거리는 나를 더 움츠리게 했다.

　붐비는 차들과 뒤섞인 사람들 사이 울려대는 경적에 여권과 휴대전화를 한 번 더 확인했다. 아마 그때부터 덜컥 정을 내어주기 망설였던 도시랄까. 라파스에 갔던 이유는 고산지대 마을이 밝혀주는 야경과 기괴한 기념품을 파는 마녀 시장 때문이었다. 단지 하룻밤만 지내다 떠나버리고 싶었던 곳.

　해발고도 3,700m에 위치한 도시라서 식당을 찾는 것조차 숨이 가빴다. 머리가 깨질 듯이 아파서 가지고 있던 약을 물도 없이 삼켰다. 지역 특성 때문에 교통수단이 돼버린 케이블카를 타고 4,905m 킬리킬리 전망대로 가야만 했다. 내게는 두려움보다 가고 싶은 곳은 가야만 하는 욕심이 먼저였다. 현지인들도 밤 10시가 넘으면 위험하다는 이 도시에서 야경을 보겠다고 10시에 나섰으니.

친구와 나는 전망대에 도착해 만나려 했던 동행과 시간이 엇갈리고 말았다. 게다가 지도를 찾아서 도착한 곳은 인적이 드문 도로였다. 서둘러 건물 안으로 몸을 옮겼고 길을 찾아야만 했다. 그사이 집에 가려고 케이블카를 타려는 듯한 두 남자를 발견했다. 길을 물었더니 고개를 양옆으로 저으며 그들이 알고 있는 장소로 데려다주겠다고 한다. 한사코 도와주겠다는 호의가 두려웠지만 두 남자의 눈을 보니 덜컥 믿어보고 싶단 생각이 들었다. 밖에는 시위 현장으로 뒤덮인 쓰레기 더미에 여기저기 불을 지폈던 흔적도 보였다. 좀 전에 식당에서 들었던 총소리가 설핏 머릿속을 스쳤다.

우리의 팔을 붙잡고 섬뜩했던 빈민가 거리를 황망히 지나치면서 카메라와 휴대전화는 옷 속으로 집어넣으라며 재촉했다. 어두컴컴한 거리는 당장 무슨 일이라도 일어날 것만 같았다.

잠시 후 계단이 보이고 언덕길을 내려가던 우리는 입을 다물지 못했다.

라파스를 밝히고 있던 빼곡한 집들이 수천 개의 반딧불이가 되어 우리 앞에 내려앉았다. 의심으로 가득 찬 마음을 속절없이 들추었다. 사진으로 담는 동안 두 남자는 옆에서 우리를 지켜주었다.

그들의 알아듣지 못하는 대화가 불안해 주머니에 있던 호신용품을 만지작거렸던 마음이 조각조각 흩어졌다.

"여기 매우 위험해. 숙소 어디야? 우리가 데려다줄게."

정신없는 시장터에 질서 없는 차들과 그 사이로 뛰어다니는 아이들. 무슨 이유인지 소리를 버럭버럭 지르며 몰려다니는 아저씨들. 보자기를 등에 지고 길게 땋은 머리가 중절모 사이로 늘어져 있는 할머니들까지. 어지러운 분위기에 멀미가 날 지경이었다. 그들은 얼른 차를 타라며 지나가는 버스(봉고차)를 세웠다.

동양인을 찾아볼 수 없는 길에서 모두가 우리를 힐끔힐끔 쳐다보았다. 긴장을 늦추지 않았던 탓인지 차를 타자 식은땀이 났다. 시간을 보려고 휴대전화를 꺼냈더니

집어넣으라는 시늉을 해 보였다. 여기는 유리문을 깨서
라도 훔쳐 달아나는 도시라고.

우리를 숙소 앞까지 데려다주면서 SNS 계정을 물었
다. 어느새 친해져 너스레 장난도 치면서 말이다.

정 없이 국경의 선을 넘었는데 하룻밤을 이리도 푹 젖

어 들게 했던 당신들.

그릇의 크기가 작아서 그들을 채우기에 턱없이 모자란 탓일까요.

아니면 설익은 마음이 농익은 당신들을 몰라본 탓일까요.

당신들이 보여준 라파스의 밤을 흘러넘치지 않게 잘 담겠습니다.

쉬이 잊을 수 없는 그 밤을 머리맡에 두고 나는 한참을 뒤척이겠습니다.

많은 이들이 야경을 포기할 만큼 위험한 이곳에서 무사히, 그리고 뜨겁게 바라봤던 밤하늘.

우리는 언젠가 다시 볼 날을 약속했지요. 반드시 그곳에서요.

관광가이드를 배우고 있던 친구들은 다시 만나면 더 아름다운 곳을 보여주겠다며 포옹을 건넸습니다. 그럼 나는 마음이 유연해지는 사람이 되어 당신 앞에 서겠다고 말했습니다.

가난한 사람일수록 더 높은 곳에 살고 있는 먹먹한 아름다움이 있는 곳.

그곳의 제일 꼭대기에 지금 이토록 보고 싶은 그들이 살고 있습니다.

꼬깃꼬깃 구겨 앉아 서로의 땀 냄새가 진득하게 묻어 있던 봉고차 뒷자리.

사람의 마음을 물들이는 데에는 그리 많은 시간이 필요하지 않습니다.

라파스 친구들을 그리워하며.

사랑하는 사람

나는 자주 슬픔이라는 감정에 지배당했다. 내면은 한 겨울에 머무르길 좋아했고 눈 무덤에 파묻힌 시간이 많았다. 슬픔이 나를 짓누르고 무릎이 닳을 때까지 가엾게 여겨주길 바랐다. 그럴 때마다 스스로 용서하는 시간은 쓰고 읽을 때였다. 오롯이 글 위에서만 솔직해질 수 있다고 생각했다. 글쓰기만이 나의 안식처가 되었고 도망쳐 올 수 있었다.

그래서 나의 여행길은 비우고 내려놓는 시간이었고 일기장은 어두운 부분이 많았다.

그러나 요즘 그 생각을 엉키게 만들어 자꾸만 내 곁을 따라다니는 감정이 생겼다.

솔직해지기도 전에 솔직한 마음을 들키고 마는 사람이 찾아왔다. 그리고 이 솔직한 마음을 꺼내 눈앞에 덜컥 내놓고 싶은 사람.

시들어 가는 꽃다발을 내내 들여다보며 버리지 못하는 사람.

한쪽 어깨가 비로 다 젖어도 나를 끌어안는 사람.

두 손을 꼭 잡고 사랑하는 만큼 나의 모든 것을 응원한다는 사람.

잠은 잘 잤는지, 밥은 챙겨 먹었는지, 오늘 하루는 어땠는지.

근사한 하루보다는 건강하고 무사히 보내기를 바라는 사람.

사랑이라는 표현을 두서없이 내던지는 사람.

평생 행복한 이야기에 주인공으로 남아달라는 사람.

거리는 온통 캐럴이 퍼지고 동그란 입을 모아 말하는 그를 가만히 보게 만들었던 날.

직접 졸여 만든 밤 조림과 겨울과 어울리는 향수를 내밀었던 당신이 참 따뜻한 사람이라고 생각했다. 이제 온 마음을 다해 온 계절을 함께 하고 싶다.

제철 마음

경남 하동 지리산 둘레길을 걸었던 2021년 6월. 제대로 된 끼니를 해결하지 못하고 난이도 상 코스를 시작했다. 마을마다 둘레길을 걷는 사람들을 위한 매점이나 식당이 있다고 했지만, 코로나로 인해 모두 문을 닫은 상태였다. 17km를 걸어야 했던 코스에 가지고 있던 물과 간식은 동이 났다. 6월의 오후는 뜨거웠고 허기진 상태로 6시간가량 걸으니 곧바로 어지러웠다. 먹점마을을 지나는 도중 밭을 일구는 할머니께 근처에 슈퍼가 있는지 여쭤보았다. 그러자 다음 마을은 1시간 더 가야 한다며 할머니 집으로 들어가자고 하셨다. 마루에는 연세가 지긋하신 할아버지가 계셨고 할머니는 냉장고에 있는 반찬들을 꺼내 주셨다.

미역국, 김치, 게장, 앵두 그리고 따듯한 고봉밥. 동네 냇가에서 잡았다는 게와 마당에 열린 앵두나무 이야기를

들으며 허겁지겁 밥을 먹었다. 꿀물 같았던 밥상은 제철 앵두처럼 마음을 붉게 물들이고 말랑하게 만들었다.

이듬해 2022년 6월. 그날을 생각하며 또다시 먹점마을을 찾았다. 할머니께 드릴 간식과 떡을 배낭에 짊어지고 걸었다. 1년 동안 문득문득 그날이 떠올랐고 자꾸만 무언가를 두고 온 사람처럼 그곳이 밟혔다. 산은 해가 빨리 지고 금세 어두워져 서둘러 발걸음을 채근했다. 마침내 1년 만에 마주한 파란 대문 집이 보였다. 할머니는 나를 알아보셨고 여전히 손녀처럼 웃으며 맞이해 주셨다.

할머니와 이야기를 나누다 할아버지가 보이지 않아서 여쭤봤더니 몇 달 전 세상을 떠났다고 하셨다. 비어 있던 내 물병에 생수를 채워 주셨던 할아버지는 앵두나무를 따라 꽃이 되었다.

세상에는 미루지 말아야 할 것들이 참 많다. 제철 여행

지, 제철 음식, 제철 과일, 그리고 누군가를 보고 싶은 제
철 마음은 채근해도 괜찮다고 생각했던 그날.

할머니께 건강을 바라는 인사를 뒤로한 채 다시 걸었
다.

살아간다는 것은 사랑하는 사람과 제철 꽃밭을 걷는
것과 닮았다.

같은 향기를 맡으며 사랑한다는 말을 아끼지 말자.

손잡고 걷는 네 계절에 더할 나위 없는 행복을 건네자.

사랑

　퇴근 후 집에 도착했을 때 문 앞에 놓인 택배 박스.
　얼린 추어탕, 버섯 주먹밥, 메밀전병, 오이소박이, 갈
치조림, 꼬막무침, 열무김치.
　사랑은 어느 저녁 예고 없이 놓여 있기도 하다.

당신 없는 이별

우리가 헤어지기 전에 피렌체로 떠났다면 조금은 달라졌을까요.

시뇨리아 광장에서 당신과의 마지막 여행을 떠올렸습니다.

미켈란젤로 언덕은 밤하늘에 당신을 그리기 충분했지요.

당신과의 시간이 그리운 것인지 당신이라는 사람이 그리운 것인지.

이렇게 마음이 허해서 불어오는 바람이 얄궂기도 했습니다.

당신 앞에 이별을 내밀었던 날이 겨울이라는 때가 아리기도 했습니다.

매일 밤 나를 기다렸던 당신에게 왜 날이 춥다고 말하지 못했을까요.

멀리 와서야 당신을 흩날릴 수 있지만 또 영영 날아가는 것은 두렵습니다.

당신은 우리를 태워버린 것 같은데 나는 그곳에 꽤 오래 머물러 있었습니다.

그 시간에 머무른 채 당신을 잊기 위해 살았습니다.

집으로 돌아가는 길 뒤돌아보는 습관을 오늘은 잊기로 했습니다.

이른 봄은 제주에서 보내겠습니다.

햇살이 따사로운 책방, 나무 타는 향, 오래된 난로의 기름 냄새, 조용한 공간에 더해지는 잔잔한 노래, 커피의 무거운 내음, 고양이 목에 달린 방울 소리, 책장 넘기는 사람들, 바람에 날려 흔들리는 현관문 물고기종, 돌담 너머 보이는 봄나무의 기지개, 따듯한 봄빛의 향연.

모두 다 시나브로, 시나브로. 혼자만의 시간을 위해 의도된 것이라 여기는 것. 여기는 제주입니다.

이 정도면 사랑인 것 같아요.

좋아하는 계절이 궁금한 것은 당신을 좋아한다는 뜻
이고

선물해 준 시계를 매만질 때는 당신에게 달려가고 싶
어서겠습니다.

카메라에 우리의 얼굴로 가득한 것은 내일도 함께이
기를 바라고

향이 진한 허브차를 선물할 때는 사랑이 짙어진 탓이
겠습니다.

그런 당신을 잊으려면 내게 준 사랑에 곱절의 시간이
필요할 테니

부디 오래도록 내 곁에 머물렀으면 합니다.

그런 날

　바람에 부딪히는 잔가지가 빗소리 같다.

　커튼 사이 잎사귀가 창문에 비치는 그림자를 찔러댔다. 살갗에 비벼대는 이불 소리가 그림자를 더 커지게 했다. 그리고 그림자처럼 따라다니는 감정들에 대해 생각했다.

　그날, 내게도 사랑하는 사람이 있었으면 했다.

☾

푸른빛의 리스본

인중에 부딪히는 뜨거운 숨이 육체를 짓눌렀다.

6월만 되면 감기는 여름을 앓는 만큼 찾아왔다.

어젯밤 미열에 독한 술을 삼켰더니 새벽에 몸이 떨렸다.

코메르시우 광장을 뒤덮은 보라색 꽃은 시퍼렇게 물든 마음을 자꾸만 찔러댔다.

테주강 앞에 앉아 햇볕이 짚어주는 이마에 시린 마음도 포개었다.

눈을 감으면 푸른빛은 시퍼렇게 번진 꿈속으로 곧잘 데려갔다.

빛은 아무도 없는 곳으로 나를 불렀고 그곳은 아프지 않을 것 같았다.

아픔은 강가에 흘려보내고 외로움은 꿈속에 두고 왔던 대낮의 잠.

눈을 떴을 때 해는 아픔을 가지고 강 너머로 달아났다.

시베리아 횡단 열차

어제는 창으로 드리우는 햇살이 눈살을 찌푸리게 하
더니

오늘은 커튼을 넘어선 햇볕 탓인 줄만 알았다.

바이칼 호수를 뒤덮은 눈밭 위에 눈부신 햇살이 어룽
댄다.

생의 한 자락처럼 민틋한 호수는 경이롭다.

이리 찬란한 넷째 날 아침을 보여주려는지도 모르고

어젯밤 속살을 파고드는 추위에 눈물을 묵새겼다.

달리는 열차 안에서 다섯 번의 시차가 바뀌었고 세 번
의 악몽을 꾸었다.

푸석해진 살갗을 어루만졌더니 그리 나쁘지만은 않았
다.

위 침대 낯선 이도 해가 뜨기 전에 떠날 것이니

추위를 핑계 삼아 몸을 웅크려 울어도 괜찮겠다.

달무리가 떠오른 것을 보니 이윽고 비가 오겠다.

오늘은 스산한 마음이 물초가 되도록 궂은비였으면
좋겠다.

나는 언제쯤

나는 언제쯤

눈물 없이 여행길에 오를 수 있을까.

그들의 시린 눈빛에 마음이 휘둘리지 않을까.

까무스름한 사내의 희끗희끗한 손짓에 무덤덤해질 수
있을까.

쫓아오는 맨발에 신고 있던 신발을 내어줄 수 있을까.

며칠 거푸 내리는 소낙비에 안온해질 수 있을까.

우두커니 서 있는 어둠 앞에서 눈물을 더 꼭꼭 씹어
삼켰다.

바람을 등지고 소란한 마음을 부여잡아 보았다.

실타래

이탈리아 피렌체 가죽 시장은 아침부터 분주합니다.

가판대에 가방과 지갑, 신발을 팔고 있는 상인들을 지나 천 하나를 깔고 앉아 색을 엮던 당신.

팔찌 하나 골라 손목을 내밀었더니 금세 매듭을 지어줍니다.

풀리지 않게 두 번 매듭을 매어줄 때, 손 주름이 더 도드라져 보입니다.

당신의 손길이 닿은 탓에 고운 색들은 그제야 제빛을 발합니다.

흡족한 표정으로 나를 올려다볼 때면

나도 그 옆에 앉아 당신이 바라보는 세상에 살고 싶어집니다.

당신과 같은 나이가 되어 넙죽 말장난도 늘어놓고 싶습니다.

한국에 와서도 꼬질꼬질해진 실타래를 끊어내지 못한
것은

무릎을 내어 선한 눈으로 엮어주었던 얼굴이 자꾸만
아른거리기 때문입니다.

누군가를 위해 무릎을 내어주는 일,

그 자리를 뜰 때 당신의 눈이 슬퍼 보이지 않아서 다
행입니다.

그리움. 그거 별거 없더군요

문득 어묵탕의 간을 맞추다가 생각나고

당신의 향이 코끝을 스칠 때 무심코 뒤돌아보는 것.

술에 취해 옛 기억을 잔뜩 꺼내고서는 흘러가는 시간을 탓하지요.

우연히 지나친 벚꽃길이 우리가 처음 만난 길이었을 때

그곳을 한참 서 있었던 것도 그리워서일까요.

그날의 기억이 떠올라 밤잠을 괴롭힌다면 그리움이라 불러도 될까요.

구태여 기억 저편을 꺼내는 것.

별거 없지만 함부로 꺼낼 수 없는 것.

이상한 버릇

떨어진 낙엽 바라보기
엄마 목덜미 냄새 맡기
플레이리스트 목록 훑기
카메라 앨범 정리하기
사진엽서 만들기
집 가는 길 뒤돌아보기
오래된 빈티지 소품 모으기
지난 일기장 다시 읽어 보기
놓친 시간을 되짚는 애정 하는 버릇

마른 물그릇 마른 마음

태양 아래 고개를 빳빳이 들고 있는 가로수.

마른 물그릇만 핥는 사원의 강아지는 뱃가죽이 붙었습니다.

달궈진 트럭 짐칸에 앉아 어딘가로 가고 있는 당신들.

손바닥을 내미는 아이 앞에서 부른 배가 미안해집니다.

얼굴에 붙은 파리를 쫓지 못하는 아이와 표정 없이 앉아 있는 여자.

그저 당신을 바라보는 일인데 마주 보는 일이 참 어렵습니다.

얄궂게도 나란히 서 있는 더위와 가난은 허기진 이들을 밀고 있습니다.

힘없이 밀리는 그들은 마음마저 바싹 말라갑니다.

가난의 얼굴을 지켜보는 대낮은 내면의 자조를 시큰

거리게 합니다.

　동네를 잊지 않으려고 그을린 살을 더듬어도 보았습
니다.

　마음만은 푸석하지 않은 뜨거운 나라.

　오늘 밤은 어제보다 일찍 찾아왔으면 좋겠습니다.

여자와 당나귀

가방을 메고 보자기를 머리에 올린 여자.

짐에 이끌려 당신은 어디로 가는 것일까.

어린 당나귀 등에 엮은 짚을 올리고 뙤약볕에 걷고 있다.

풀을 베어 집으로 돌아가는 길은 밭으로 나설 때보다 느리겠다.

그 옆을 거닐면서 여자가 좋아하는 노래를 불러주고 싶다.

노래가 주는 힘으로 당신의 걸음을 달래고 싶다.

어린 짐승과 여린 풀, 늙은 인간은 잘못이 없다.

책을 읽다 한 줄의 글에 목메는 것처럼.

어두운 방 한 줄기 빛에 살아갈 힘을 얻는 마음처럼.

슬픈 존재가 엉키는 날은 영영 묶여버렸으면 한다.

한 그릇

　치앙마이에 다시 간다면 반드시 묵고 싶은 곳이 있습니다.

　두부, 옥수수, 양배추와 당근을 넣고 끓인 계란탕이 아침으로 차려지는 곳.

　하루는 주인 핌이 장을 보러 간 사이에 그의 아들과 남게 되었습니다.

　혹여나 내가 배가 고플까 봐 밖으로 자꾸만 고개를 내미는 아이는 오토바이 소리에 맨발로 뛰쳐나가 봅니다.

　한 그릇의 아침을 위해 분주한 엄마와 손님의 허기를 살피는 아들.

　잊고 살았던 따스함이 그곳에 있었습니다.

베네치아의 일기

　왜 볼 것도 없는 베네치아에 일주일이나 머물게 됐냐고 호스텔 주인이 물었다. 그저 수상버스를 타고 하루 종일 섬을 드나드는 일상은 이유 없이 행복했고 바포레토 위에서 보는 하늘은 매일 달랐다. 강을 줄지어 바라보는 파스텔 색감의 집들, 아침이 되면 수상버스를 타고 움직이는 분주한 사람들과 석양이 드리우는 오후 일곱 시를 사랑했다. 밤이 되면 언제 그랬냐는 듯 물의 도시는 한갓졌고 그런 마을을 하릴없이 거닐었다. 바다를 사랑하는 물의 도시 베네치아. 구글맵 위치도 잡히지 않았던 좁은 골목은 그들의 삶을 고스란히 품고 있었다. 조용한 그곳은 어쩌면 조용한 탓으로 시시한 모든 것까지 사랑할 수 있어서 내게 물처럼 밀려왔는지도 모르겠다.

이 밤이 간절한 이유

끼니를 굶고 닳아있는 배낭을 손보는 당신에게 물었다.

그간 멈추고 싶지는 않았냐고.

뭉친 어깨 아래에서 묵직한 지난날을 꺼내놓을 때 이야기가 넘치지 않게 술을 따랐다.

술을 채울수록 우리의 낯선 정이 자꾸만 넘치는 것이 좋았다.

꿈속에서 부르는 노래처럼 어지럽기도 했고, 날이 밝도록 당신의 목소리로 귀가 헐어버리고 싶었다. 처음과 만남 이 두 가지로 서로에게 기댈 수 있었던 저녁.

헐거워진 옷소매를 보고, 버려야 하지 않겠냐는 말에 이제 길을 들여 입기 좋다는 당신.

그 말을 버리지 못해 아직도 첫 만남은 나에게 있어 삼키지 못하는 잔술 같다.

사람 때문에 떠나고 여전히 사람이 어렵지만 당신을 얻어 돌아왔으니, 그것으로 되었다.

추운 곳이 좋겠다.

처음은 당신이 생각나서.

다음은 당신을 잊으려고.

마지막은 당신을 잊지 못해 그곳에 두기로 했다.

촌스러운 마음에 위로를 하려면 겨울만큼 좋은 계절
이 없겠다.

네 계절 내내 추운 곳으로 떠나야 깊숙이 여밀 수 있
을까.

춥지만 따뜻한 온기가 집마다 번지는 아이슬란드처럼

그곳에서 여미고 나면 내게도 봄이 올까.

한 떨기의 시처럼

갈라진 발뒤꿈치를 손으로 문질렀다.

굳은살에 맺혀있던 피가 흘렀다.

집이라 부르던 잠자리가 매주 달라졌을 때

뜨거운 국 한 그릇만 입천장이 벗겨지도록 마시고 싶었다.

그늘 한 점 없는 모래에 누워 살갗이 타들어 가는 저릿함에 눈을 감았다.

내쉬는 숨을 가로막는 더운 공기가 나쁘지 않았다.

힘겹게 들이마시는 숨에 죽을 듯 살아있음을 느끼고 싶었다.

강해지는 것밖에 할 수 있는 일이 없다고 생각했을 때

그때마다 한없이 무르고 약해질 수 있는 곳은 자연뿐이었다.

주체할 수 없는 감정을 어찌할 바 몰라서

입으로 중얼거리다 결국 글로서야 남기고 마는 것.

놓치기 싫은 어제를 데려와 주위에 맴돌았으면 하는 것.

하루의 일기가 곧 한 떨기의 시처럼 내 곁에 머물렀으면 한다.

낭만? 낭만!

오늘따라 영 그림이 그려지지 않아요.

두 장째 찢어버린 탓에 이번에는 과감하게 색을 입혔더니

물감이 번져 조금 덧칠도 해버렸지요.

아무럼 어때요. 더 아름다운 작품이 나올지도 모르잖아요.

그림과 사랑은 참 많이 닮았어요.

마치 지난날 우리가 했던 복잡한 사랑처럼 말이에요.

☾

어느 날의 잔상

잔상
: 지워지지 아니하는 지난날의 모습
  시큼 거리고 눈앞이 뿌예진다.

당신에게도 어느 날의 잔상이 존재하나요?

사라져가는 것들에 대하여

타들어 가는 심지 아래 고인 촛농을 보니 차마 태울 수 없는 그날이 떠올라요.

맞아요. 벽면에 거뭇하게 그을린 자국이 꼭 당신들 같아서요.

얼마 남지 않은 향초가 모두 닳아 없어진다면 조금 서글플 것 같아요.

그래서 잊을 수 없는 이야기를 오늘 밤에 들려주고 싶어졌어요.

불현듯 사라져가는 것들에 대해 두려워졌으니까요.

여행은 매 순간 '처음'과 '마지막'이 전부였다.

당신이 나를 위해 내어준 첫 생선 요리도 마지막일 것 같아서 오늘 밤은 진한 와인이 필요했을까.

사내와 잡았던 거친 손도 쉬이 놓지 못했을까.

처음과 끝이 함께 온다는 것은 당연하면서도 조금 서글프다.

꼭 귀가 멀어버릴 것도 같고 눈이 멀 것 같다.

그래서 눈을 떴을 때 나는 더 살아있음을 느꼈다.

숨죽이는 일

눈동자가 벌겋게 물들었을 때 나는 어쩔 줄 몰랐다. 눈물이 고여 있는 눈동자에 찰랑거리는 호수가 잠겼다. 우유니의 노을을 마주하기 위해 이토록 멀리도 달려왔을까.

장화를 신은 채 소금물을 밟으니 잔잔한 파동이 일어났다.

노을은 몽롱한 어딘가로 나를 데려다주었다.

살점이 떨어져도 아프지 않을 것 같았고

물이 차올라 나를 삼켜도 유영할 것 같았다.

잠기거나 마르기를 반복하는 우유니 소금사막.

흔들릴 것 없는 사막 위에서 나는 자꾸만 서성인다.

발톱이 떨어질 때까지 나아가면 구름의 맛을 볼 수 있을까.

사막의 어둠을 기다리는 일은 조용한 침묵 아래에 요

동치는 것.

기다리는 일만큼 숨죽이는 일이 또 있을까.

사하라의 밤

애써 노력하면서 살고 싶지 않았던 순간이 있다.

사하라 사막에 누워 문득 그런 생각을 했다.

한 움큼 손에 쥐었더니 속절없이 빠져나가는 모래처럼.

서서히 한 줌의 모래가 되고 싶었다.

바람이 흩날리자, 모래알이 끈적끈적한 살갗에 달라붙었다.

그렇게 나를 조용히 덮어주길 바랐다.

언젠가 나는 한 줌의 모래로 돌아가겠지.

이토록 욕심나는 밤하늘아. 나를 흉터 없이 삼켜주오.

얼룩

너는 내게 지워지지 않는 자국
새털구름은 청량한 하늘의 낙서
우리는 엄마 배에 새겨진 고결한 흉터
팔 안쪽 연한 살에 새겼던 문신은 여행길의 기억
말라 부스러진 버드나무 잎은 지난 계절의 얼룩
나는 결코 정착하지 못하는 어딘가의 얼룩이고 싶다.

나를 사랑하지 않은 나와

사무치게 외로운 여행이어서 나는 결코 외로운 사람이 아니라는 것을 알았고

무거운 마음을 지닌 여행자였기에 더없이 덜어낼 수 있었다.

차가운 내면을 품고 앞만 보아서 등 뒤에는 늘 따듯함이 존재했다.

건드리면 부서질 정도로 나약해져 더 단단해질 수 있었고

그날 밤도 내 곁에는 나를 사랑하지 않은 나와 적막 속에서 걸어간다.

조금 뒤늦게 깨달아 버린 탓에 자꾸 뒤를 돌아보게 되네요.

죽음을 맞이하는 순간도 이토록 춥고 공허할까요.

☾

당신, 프라하와 참 많이 닮았어요.

우리 앞에 놓여있던 뜨거운 커피가 식어가는 것처럼

어제는 다정했다가도 오늘은 쌀쌀맞은 프라하의 날씨
처럼

집으로 돌아가는 내 발목을 잡던 카를교의 노을처럼

사랑에 약하고 사랑 앞에서 바보가 되었고 사랑 뒤에
서 원 없이 울었던 지난날처럼

당연해져 버린 당신과 익숙해져 버린 프라하의 노을
이 참 많이 닮았어요.

이제는 그곳을 사랑했을 때 놓아주겠어요.

혼자가 좋지만, 또 혼자가 편해지는 것은 두려운 밤입
니다.

그것이 사람이든 장소든 말이에요.

이름 없이 살고 싶은 이름

우리는 어머니로부터 태어나 귀한 이름을 달고 살아 갑니다.

하지만 거울을 보면 내 얼굴이 가엾습니다. 뒤를 돌아 봤더니 모두가 그러합니다.

우리가 걸어야 할 길이 좁았던 탓일까요. 덩달아 마음 의 폭도 한 뼘이 되었습니다.

어느 날 폭의 너비가 반 뼘으로 줄었을 때, 홀쩍 떠나 야겠다는 생각이 들었습니다.

좁은 길에서 앞다투다 결국 홀로 남게 되었을 때.

외로워서 더 외로운 곳으로 데려다주어야 했습니다.

그때야 적적한 가슴을 쥐어짤 수 있으니 그만입니다.

시간 위에 놓여 있는 내가 아닌 시간을 모른 채 떠 있 어도 되었습니다.

그 순간을 훔칠 줄 알아버려서 오늘도 여행길에 오르

는지요.

떠난 자들은 여행을 사랑하지 않을지도 모릅니다.

생을 연명하는 이름이 가여운 탓에 유랑이 길이라 여
겼던 것입니다.

나는 그때를 이름 없이 떠났다고 말하겠습니다.

돌아와서도 그렇게 살아간다면 얼마나 좋을까요.

올해의 마지막 날에는 흑산도에 가려 합니다.

가보지도 않은 그곳이 벌써 그리워집니다.

파도는 말이 없다.

아홉을 주었는데 바람은 열을 가지고 도망갔다.

묻고 싶은 것이 많아 별일 없었느냐고 물었다.

그간 당신 앞에 앉아 토해낸 눈물은 얼마나 될까요.

들은 이야기가 많아 말이 없으신가요.

씻어내고 싶었지만 밀어내는 당신 앞에 불어 터지도
록 서 있다.

하고 싶은 말을 입에 묶고서 품속으로 잠기고 싶어라.

파도는 다 알고 있으면서 말이 없다.

말이 없는 사람들을 떠안고 있어서일까.

견고하고 근사한 침묵. 침묵은 죽은 소리가 아니다.

어쩌면 우리 곁의 진실은 침묵하고 있다고.

그 무게의 힘을 나는 믿는다.

꽃

누워있던 나를 건드리는 빛줄기에 어쩔 줄 몰랐다.

야윈 몸에 바람을 맞으니 금세 속절없이 비틀댄다.

새벽 어스름이 걷히고 볕이 발아래 뿌리까지 파고든다.

겨우 일어났던 자리는 그늘이 아닌 사막이었나.

때아닌 장대비가 몇 없는 머리카락을 뜯어가네.

어제는 내가 있는 줄 모르고 그 누가 짓밟더니

오늘은 반쯤 물들여진 살갗이 아름답다고 하여 욕심 많은 이가 꺾어버렸나.

아니, 얼굴을 들이밀고 있는 이파리는 스스로 마르기를 기다리고 있지 않은가.

소소리바람이 코끝을 스칠 때 날아가는 것이 좋겠다.

흘러넘치는 하루

맛있는 음식을 먹으며 사람들과 많이 웃었다.

길을 걷다 들리는 노래에 몸을 맡겼다.

햇볕을 쬐고 노을을 기다리며

그렇게 가까이 있는 것들을 들여다보게 했다.

흘러가는 시간에 쫓겨 도망쳤는데 흘러가는 하루를
놓아주게 했다.

그동안 소중한 사람들을 잊고 살았던 건 아닌지.

신발이 벗겨진 채 뛰어가다 상처가 난 줄도 몰랐던 건
아닌지.

놓치고 살았던 순간을 살펴보게 했다.

충분히 슬퍼할 줄 알아야 충분히 행복할 줄도 아는 것
처럼

충분히 미워했으니, 이제는 충분히 사랑하는 법을 알
려주었다.

자꾸만 입에서 마음으로 넘치는 말들이 곧 노래가 되는 그런 하루.

어제와 내일보다는 오늘을 넘치게 사랑하는 법이 여행이었다.

에필로그

10살. 소풍, 학예회, 운동회처럼 가족들과 함께 즐기는 행사가 그토록 싫었다.

교실 창밖으로 녹음이 우거지고 가정의 달을 맞이한 포스터가 초록 물결로 휘날리는 봄.

아빠는 단체 주문 치킨을 튀겨 포장했고 엄마는 학교로 배달 다니기 바빴다.

교문으로 들어오는 빨간색 티코 차에서 이마에 땀이 흥건한 엄마가 내렸다.

뜨거운 불 앞에서 하루 종일 서 있는 그 시절이 우리 가족에게는 가장 뜨거운 계절이었다.

이듬해 어김없이 열렸던 운동회에 '손님 찾기'라는 종목이 추가됐다. 달리기하다가 쪽지를 펼쳐서 해당하는 손님을 데리고 결승선을 통과하는 종목. 각자 가족들의 열띤 호응에 친구들은 신발 끈을 고쳐 맸다. 더 위축되었던 나는 꼴등만 피하자, 다짐하며 뛰었다.

그때 쪽지를 집어 드는 순간 뒤에서 누군가가 내 손을 덜컥 잡았다. 엄마였다.

쪽지에 무엇이 적혀 있는지도 모른 채 우리는 결승선으로 달렸다. 그동안 운동회에 나타나지 못했던 엄마는 내 손이 아리도록 잡고 소녀처럼 뛰었다. 모래바람이 사방으로 흩날려도 좋았던 그날이 아직도 생생하다.

'덜컥' 손님을 찾아야 하는 쪽지와 '덜컥' 내 손을 잡고 뛰었던 엄마. 그 후로 '덜컥'이라는 말은 언제 어디서 찾아올지 모르는 기분 좋은 손님 같았다.

생각해 보면 그동안 걸어오고 뛰어왔던 시간에도 손님이 찾아왔었다.

여행 페이지 백만 명의 팬들, 혼자 떠난 길에서 만난 숱한 인연들, 평생을 약속한 사랑하는 사람, 일기장 같았던 원고를 첫 책으로 빛을 보게 힘써 주신 최연 편집장님, 그리고 이 책을 손에 들고 있는 당신까지. 그렇게 덜컥 찾아오는 손님 같은 책으로 전해졌으면 한다.

어느 날 양손 무겁게 선물을 들고 찾아오는 손님에게 자리를 내어줄 수 있도록 그렇게 살아가야지. 마음을 정돈하고 생각을 다듬고 가끔은 그런 나를 기특해할 줄도 알면서.

끝으로 내 곁에서 늘 울타리가 되어 주는 가족들과 친구들, 그 안에서 흐드러지게 꽃을 피워 준 소중한 인연들에 사랑한다는 말을 전하고 싶다.

가장 힘든 시기에 떠난 여행의 문장들이 가장 행복할 때 세상에 나오게 되어 참으로 감사하다. 기나긴 여정은 끝이 났지만, 사랑하는 사람들과 걸어가는 여행은 멈추지 않을 것이다.

publisher   instagram

달이 우리를 기억할 테니

초판발행 2023년 9월 4일
지은이 이지영
펴낸이 최대석 **펴낸곳** 행복우물 **출판등록** 307-2007-14호
등록일 2006년 10월 27일 **주소** 경기도 가평군 경반안로 115
전화 031-581-0491 **팩스** 031-581-0492
전자우편 book@happypress.co.kr
값 16,500   ISBN 979-11-91384-58-1

Check intagram for Event & Goods!

instagram. Lee Jiyoung

네가 번개를 맞으면 나는 개미가 될거야

장하은

출간 즉시 베스트 셀러

불안장애와 숨고 싶던 순간들,

소심하고 내성적인 아이에서 불안한 어른이 된 이야기

> " 너무 좋았습니다. 방에 불을 꺼두고 침대 위에 앉아 작은 태양 같은 조명 아래 있으면 이 책만 읽고 싶은 나날들이었습니다. 읽은 페이지를 또 읽고, 같은 문장을 반복하다가, 홀로 작가님의 글을 더 보고 싶어 책갈피에 적힌 작가님의 인스타에 들어가 보았습니다. 역시나 너무 멋진 분이셨어요. 제게 책을 읽고 먹먹해진다함은 작가가 과연 어떤 삶을 살았기에 이런 글을 쓸 수 있는 걸까, 궁금해지는 것을 말합니다. _ 북리뷰어 Pourmeslivres*님 "

> 그럴 땐 당황하지 말고 그것도 너의 감정이라는 것을 인정해 줘. 억지로 감정을 바꾸려고 하지 말고. 그 감정에 함께 머물러주며 그대로 표현하게 해보는 것도 필요하거든.
> _ 본문 중에서

Jang Haeun

* 북리뷰어 Pourmeslivres는 인스타그램에서 진솔하고 적확한 도서 리뷰를 통해 수많은 애서가들에게 호평을 받고 있다. 인스타그램 @pourmeslivres